La
Dame aux Camélias
茶花女

Lynch

LA DAME AUX CAMÉLIAS

茶花女

〔法〕亚历山大·小仲马　著
〔秘〕阿尔伯特·林奇　绘
郑克鲁　译

上海财经大学出版社
SHANGHAI UNIVERSITY OF FINANCE & ECONOMICS PRESS

图书在版编目 (CIP) 数据
茶花女 / (法) 亚历山大 · 小仲马著 ; 郑克鲁译 . 上海 : 上海财经大学出版社 , 2024. 11. -- (草鹭经典文库). -- ISBN 978-7-5642-4490-3
Ⅰ. I565.44
中国国家版本馆 CIP 数据核字第 20243T9T35 号

草鹭经典文库 • 外国文化书系

□ 策　　划　草鹭文化 × 悦悦图书
□ 主　　编　王　强
□ 责任编辑　邱　仿
□ 特约编辑　张天韵
□ 封面设计　草鹭设计工作室

茶花女

[法] 亚历山大 · 小仲马　著
[秘] 阿尔伯特 · 林奇　绘
郑克鲁　译

上海财经大学出版社出版发行
(上海市中山北一路 369 号　邮编 200083)
网　　址：http: // www.sufep.com
电子邮箱：webmaster @ sufep.com
全国新华书店经销
南京爱德印刷有限公司印刷装订
2024 年 11 月第 1 版　2024 年 11 月第 1 次印刷

889mm × 1194mm　1/32　8.625 印张　193 千字
定价：92.00 元

总　序

“经典是那些永远占据着你的书架却又永远翻读不完的书。”

唯历经时间一轮轮严酷的甄别，唯历经读者一代代苛刻的选择，优胜劣汰，真正的文字方能登上那称之为“名著”或“经典”的人类思想的峰巅。

钱锺书谓名著之特质端在于其“可读性”与“可再读性”。前者提供的“无穷趣味”、后者呈现的“难及深度”遂使得“名著”跨越时空的鸿沟、跨越人种的藩篱，如不竭的生命之泉滋养着不同文化中血肉之躯的人的存在。

基于此，“草鹭经典系列”志在为真正读者打造一个由“文字的趣味”“审美的品格”“思想的深度”为主色所构成的不朽的文字世界。

草鹭文化出品的“草鹭经典系列”图书，搜求中外经典名著，精择一流的版本、插图，以精美的装帧、设计完成“经典的再造”，满足读者阅读与收藏的多重需求，把一道靓丽与涵养兼具的文字风景带给他/她们的书架，带给他/她们的书房。

草鹭该系列的策划与推出，得到了业界顶级专家、学者的大力支持，许多著名的策划人、出版人、翻译家、收藏家纷纷加入进来，分别参与策划、翻译、校订等工作；在设计、制作诸环节，草鹭一流的设计师、手工师亦匠心独运，贡献出一部部令人惊艳的作品。仰赖于这些优秀书人、艺术家、匠人之间的通力协作、苦研精制、严格把关，草鹭必将打造出整个“经典系列”所独具的高品味、高质量、高价值。

“草鹭经典系列”依据装帧之丰简，分为“珍藏版”和“文库版”两个子系列。

“珍藏版”系列自2019年启动以来，已陆续推出《傲慢与偏见》《呼啸山庄》《伊索寓言》《波纳尔之罪》《伊利亚随笔》《爱丽丝漫游奇境》《格林童话全集》《红楼梦》《神曲》等二十余种精品图书。“珍藏版”的特色，主要体现在限量印制、唯一编号；注重传承，选用名家译本或藏本；收录名家高清插图，不少均为国内首次出版；封面选用进口漆布、山羊皮等特殊材质，以UV印刷、多层烫印等工艺呈现；内文选用脱酸纸；配备内裱绒布书匣或书盒，呵护入藏的爱书。该系列是“收藏级”的精美作品，一经面世，就受到很多书友的喜爱和入藏。

“文库版”系列是草鹭基于“珍藏版”的实践经验，面向更广泛的读者群体推出的图书品种。“草鹭经典文库”致力于打造中外经典著作的简装书，以简装但不简单的小精装，将阅读装点成一件随手可触的赏心乐事。

“草鹭经典文库·外国文化书系”依旧立足于传统，计划在十年内出版上百种中外经典著作，包括童话、随笔、游记、小说、自传、诗歌等内容，荟萃英、德、法、意等国家的经典作品；而在书籍装帧艺术方面，该系列会延续鲜明的“草鹭风格”，封面材质拟选用特种艺术纸，与烫金烫印工艺、UV印刷等现代工艺相结合，将厚重的经典与形式的精巧熔于一炉，让读者在阅读中感受到文字之美，感受到装帧之美。

“草鹭经典文库·外国文化书系”主编　王强

译　序

古往今来，描绘妓女悲欢离合的爱情故事不胜枚举，唯独《茶花女》获得了世界声誉，在亿万读者中流传。这部小说自 1848 年发表后，即获得巨大成功。小仲马于 1852 年将其改编成剧本上演，再次引起轰动，人人交口称赞。意大利著名作曲家威尔第于 1853 年把它改编成歌剧，歌剧《茶花女》风靡一时，流行欧美，乃至世界各国和地区，成为世界著名歌剧之一。《茶花女》的影响由此进一步扩大。从小说到剧本再到歌剧，三者都有不朽的艺术价值，这恐怕是世界上独一无二的文艺现象。

饶有兴味的是，《茶花女》在我国是第一部被翻译过来的外国小说。近代著名的翻译家林纾于 1898 年译出这本小说，以《茶花女遗事》为名发表，开创了近代的翻译文学史。林纾选取了《茶花女》作为第一部译作发表，绝不是偶然的。这至少是因为，在十九世纪末，《茶花女》在欧美各国已获得盛誉，使千千万万读者和观众一掬同情之泪。这一传奇色彩极浓的作品不仅以情动人，而且篇幅不大，完全适合不懂外文的林纾介绍到中国来。况且，描写妓女的小说和戏曲在中国古已有之，但似乎没有一部写得如此声情并茂，人物内心的感情抒发得如此充沛奔放，对读者的感染力如此之强，因此，《茶花女》的翻译也必然会获得令人耳目一新的魅力和效果。近一个世纪以来，这本小说在我国受到的热烈欢迎，充分证明了这一点。

小仲马的身世和经历同《茶花女》的产生有直接关系。小仲马是个私生子。他的父亲是《基督山恩仇记》《三个火枪手》的作者大仲马。十九世纪二十年代初，大仲马尚未成名，他在德·奥尔良公爵那里担任秘书，同时写作剧本。他住在意大利广场的一间陋屋里，他的邻居是个漂亮的洗衣女工，名叫卡特琳娜·拉贝。她已经30岁，但大仲马只有21岁，两人来往密切。1824年7月27日，小仲马诞生，但是孩子出生登记册上“没有父亲姓名”。大仲马给儿子起了名，不过直到1831年才承认小仲马。小仲马的童年过得并不幸福，据他后来回忆，大仲马在房里写作，小仲马由于长牙不舒服，大叫大嚷；大仲马提起孩子，扔在房间的另一头。他的母亲把孩子保护起来，才使小仲马少受许多打骂，后来小仲马在他的作品中这样写道：“母爱就是女人的爱国心。”这句话表达了他对母亲的感激之情。大仲马承认儿子之后，由法院判决，把儿子送到寄宿学校。他的同学们辱骂他为私生子，洗衣女工的儿子，有受人供养的母亲、没有父亲的孩子，黑人面孔（按：他的曾祖母是黑人，他本人皮肤黝黑，头发卷曲，有黑人特征），一文不名，等等。不过，由于大仲马的原因，他从小就踏入了戏剧界和文人聚集的咖啡馆，认识了钢琴家李斯特、诗人兼戏剧家缪塞、巴尔扎克等名人。耳濡目染，培养了小仲马的文学兴趣，这对他后来选择的道路不无影响。

大仲马一向过着浪荡的生活，小仲马对父亲颇有微词。可是，大仲马幽默地说:“他真心实意地嘲笑我，但他也真心实意地爱我……我们不时地发生争吵：那一天，我买了一头小牛，我把他养肥了。”大仲马的言传身教对小仲马还是起了潜移默化的作用。从1842年起，他脱离父亲，过起独立的生活。他寻找情妇，追逐姑娘。一天，他看到一个神秘的女郎，她穿一身白，头戴意大利草帽，地点是在离沃德维尔剧场不远的交易所广场上。她的名字叫玛丽·迪普莱西，真名为阿尔丰西娜·普莱西。她对富人和社会名流的自由不羁的态度，她散发的光彩和神秘气息，给小仲马留下了深刻印象。1844年的一个晚上，小仲马又在杂耍剧院遇到她，她由老富翁德·斯塔凯贝格陪伴着。很快小仲马就成为她的情人，他为她负上了债。在小仲马成年那一天，他的债务高达五万法郎，在当时，这是一笔巨款，尤其他没有任何接受遗产的机会。1845年夏天，小仲马和玛丽·迪普莱西发生争吵，断绝了来往。玛丽找上了李斯特。小仲马为了忘却旧情，埋头创作，由大仲马出资发表了诗集《青春之罪》，在这之前他还写了一本小说《四个女人和一只鹦鹉的故事》。1846年2月，玛丽·迪普莱西到伦敦，秘密嫁给德·佩雷戈伯爵，但她的身体已经非常虚弱，不得不到巴登-巴登去疗养。而大仲马父子则到西班牙的加地斯去旅行。玛丽于1847年2月3日病逝于巴黎，时年23岁。德·斯塔凯贝格伯爵和德·佩雷戈伯爵给她扶灵，送到蒙马特尔公墓，她的棺柩上撒满了茶花。2月10日，小仲马在南方的马赛得知了噩耗。他回来以后躲在圣日耳曼的白马客栈里，花了一个月的工夫，一气写成了《茶花女》。无疑，玛丽·迪普莱西就是小说女主人公的生活原型。

由于这部小说获得意料不到的成功，在此后的三年中，小仲马又接二连三地写出十来部小说，其中有:《塞尔旺医生》(1849)、《塞查丽娜》(1849)、《棕红头发的特里斯唐》(1850)、《缪斯泰尔摄政》(1850)、《百合女神》(1851)等，都没有得到期待的反响。在他父亲的熟人的建议下，他转向了戏剧。他首先将《茶花女》改编成剧本，但是当时的内政部长认为此剧太不道德，禁止上演。经过一番斡旋，1852年2月10日，《茶花女》获准上演。大仲马此时流亡在布鲁塞尔，小仲马给他发去报喜的电报："巨大成功，以至我以为看到了你的一部作品的首演。"大仲马欣喜地复电说："我最好的作品就是你，我的孩子。"后来，有人问起大仲马是否参与了《茶花女》的写作，他仍然诙谐地回答说："当然啰，我创造了作者。"《茶花女》被认为是开创了"风俗剧"。小仲马随后写出了《半上流社会》(1855)、《金钱问题》(1857)、《私生子》(1858)、《放荡的父亲》(1859)。小仲马十分关注社会问题，以道德家的面目出现。他的剧作虽然对社会的罪恶和黑暗批判得不够深刻，但多少触及一些社会弊病，因此他成为当时最重要的剧作家之一。

然而，小仲马的地位还是与《茶花女》紧密相连。亨利·巴塔伊认为："茶花女将是我们的世纪之女，就像玛侬是十八世纪之女一样。"[①] 左拉指出："小仲马先生给我们再现的不是日常生活的一角，而是富有哲理意味的狂欢节……只有《茶花女》是永存的。"[②] 龚古尔在日记中写道："小仲马拥有出色的才华。他擅长向读者谈论缝纫工场的女工头、妓女、有劣迹阶层的男女。他是他们的诗人，

---

① 转自《茶花女》，巴黎袖珍丛书版，1991年，第347页。

② 左拉：《接受小仲马先生入学士院的演说词》，载《文学材料集》，巴黎沙邦蒂埃图书馆1926年版，第466—467页。

他用的是他们理解的语言，把他们心中的老生常谈理想化。”[①] 连列夫·托尔斯泰也十分欣赏小仲马：“小仲马先生不属于任何派别，不信仰任何宗教；他对过去和现在的迷信都不太偏好，正因如此，他进行观察、思索，他不仅看到现在，而且看到未来。”[②] 上述作家从不同角度指出了小仲马的人生态度、作品内容和艺术倾向，这些方面特别鲜明地体现在《茶花女》中。

小仲马并没有对资本主义社会的丑恶现象做出深刻的揭露，《茶花女》也不以批判深刻而见长。法国评论家雅克·沃特兰从两方面分析了《茶花女》的成功奥秘，他指出：第一，“这部小说如此突出的反响，必须同时从一个女子肖像的真实和一个男子爱情的逼真中，寻找深刻的根由”；第二，“这位小说家通过行文的简洁和不事雕琢，获得叙述的逼真”[③]。他的见解是十分剀切的，不过还不够全面。

毫无疑问，《茶花女》是部爱情小说。应该说，它从生活中来，又经过了作者的提炼，比生活来得更高，或者说被作者诗意化了。在作者笔下，男女主人公都有真挚的爱情。一个甘于牺牲自己向往的豪华生活，处处替情人着想，不肯多花情人一分钱，宁愿卖掉自己的马车、首饰、披巾，也不愿情人去借债，甚至面对是要自己的幸福还是替情人的前途着想，替情人妹妹的婚事考虑的难题时，她毅然决然地牺牲自己，成全情人。作者通过人物感叹道：“她像最高尚的女人一样冰清玉洁。别人有多么贪婪，她就有多么无私。”又说：“真正的爱情总是使人变得美好，不管激起这种爱情的女人是什

① 转自《茶花女》，巴黎袖珍丛书版，1991 年，第 349 页。
② 《作家词典》（第二卷），罗贝尔-拉封出版社 1952 年版，第 70 页。
③ 转自《茶花女》，巴黎袖珍丛书版，1991 年，第 341 页。

么样的人。”作者高度赞美了玛格丽特的爱情。另一个则一见钟情，听不进任何人的劝阻，哪怕倾家荡产也在所不惜，又暗中将母亲给他的遗产赠送给情人。此外，他强烈的嫉妒心也是他的爱情的深切表现，直至情人死后埋入地下，他仍然设法将她挖掘出来，见上最后一面。他的爱情到了无以复加的地步。值得注意的是，玛格丽特尤其看中阿尔芒的真诚和同情心。她对他说：“因为您看到我咯血时握住了我的手，因为您哭泣了，因为世间只有您真正同情我”，而且，“您爱我是为了我，不是为了您自己。而别人爱我从来只是为了他们自己。”这样写，一个妓女信任和迷恋一个男子就毫不牵强附会了，他们的爱情不仅有了可靠的基础，而且真实可信。

比较而言，玛格丽特是更为丰满的形象。一方面，小仲马并不忌讳她身上的妓女习性：爱过豪华、放荡的生活，经常狂饮滥喝，羡慕漂亮衣衫、马车和钻石，因而愿意往火坑里跳。另一方面，小仲马深入到这类人物的内心，认为玛格丽特自暴自弃是“一种忘却现实的需要”，她过寻欢作乐的生活是不打算治好她的肺病，以便快些舍弃人生。但她对社会也有反抗，例如她喜欢戏弄初次见面的人，因为“她们不得不忍受每天跟她们见面那些人的侮辱，这无疑是对那些侮辱的一种报复”。她还愤愤不平地说：“我们不再属于自己。我们不再是人，而是物。他们讲自尊心的时候，我们排在前面；要他们尊敬的时候，我们却降到末座。”这是对妓女悲惨命运的血泪控诉。尽管她为了维持浩大的开销，需要同三四个大贵族来往，但是她仍然有所选择，例如对待德·N伯爵就是坚决推拒的，表现得非常粗暴和不留情面。因此，阿尔芒认为在这个女人身上有着某些单纯的东西，她“虽然过着放纵的生活，但仍然保持纯真”，“这个妓女很容易又会成为最多情、最纯洁的女子”。归根结蒂，巴黎生活燃烧不起她的热情，反而使她厌倦，因此，她一直想寻找真正的爱情归宿。总之，将玛格丽特的复杂心理写得极其合乎情理。对于这种受侮辱受损害的人，作者要求人们给予无限宽容，自然也能够得到读者的共鸣。小仲马匠心独运之处还在于他描写女主人公死后，社会舆论对这类妓女的态度。他通过公墓的园丁揭露那些正人君子的丑恶嘴脸。“他们在亲人的墓碑上写得悲痛万分，却从来不流眼泪。”他们不愿看到亲人旁边埋着一个妓女！更可恨的是那些买卖人，他们本来在玛格丽特的卖笑生涯中搞过投机，在她身上大赚了一笔；在她临终时，他们拿了贴着印花的借据来纠缠不休，要她还债。她死后他们马上来催收账款和利息，急于拍卖她的物品。玛格丽特生前红得发紫，身后却非常寂寞：“这些女人讲究的生活越是引起街谈巷议，她们的过世便越是无声无息。”这些笔墨非但不是赘写，反而是最切实的风俗描绘，是这部爱情小说不可多得的神来之笔。

阿尔芒·迪瓦尔的形象也写得相当真实、生动。首先，在人物的名字上，小仲马颇费了一番心思：仲马（Dumas）和迪瓦尔（Duval），亚历山大（Alexandre）和阿尔芒（Armand）的第一个字母都是相同的。作者似乎要表明男主人公和自己的经历既有相同之处，又有某些区别。迪瓦尔的爱冲动、豪爽、毫无保留，甚至提出令人难以忍受的要求，嫉妒、庸俗举动、动辄易怒，及其带来严重后果、不假思索的行为，这一切都在于加强效果，却把一个涉世未深的热血青年写得活龙活现。还有阿尔芒爱流泪，这也同当时的风气十分吻合。这种男性的软弱还表现在他受不了玛格丽特去世的打击，悲痛得病倒。这与玛格丽特死前的大胆自我剖白恰成对照，显得未免可笑，但却是真实的。

在次要人物中，阿尔芒·迪瓦尔的父亲和普吕玛丝值得一提。迪瓦尔先生体现了当时的资产阶级道德观念。他认为儿子走入了歧途，作为父亲有责任去挽救他，而且儿子的行为已经直接影响到女儿的出嫁，问题变得特别严重，刻不容缓地需要妥善解决。他显然不是庸碌无能之辈，这从他谋得了C城总税务长的职务就可以看出。他比儿子老练得多，在严词开导儿子未获成功之后，他改变了策略。他采用调虎离山计，把儿子支开，单独跟玛格丽特交谈，晓之以利害:“你们两人套上了一条锁链，你们怎样也砸不碎……我儿子的前程被断送了。……一个女孩子的前途掌握在您的手里，可她丝毫没有伤害过您。”这番话句句“在理”，使玛格丽特无法坚持己见。应该指出，小仲马并没有把他当作反面人物来描写，小说反复写到“他为人正直，遐迩闻名……是天底下最值得尊敬的人”。因为任何一个资产阶级家庭做长辈的，都会像迪瓦尔先生一样行动。但是，小仲马遵循现实主义的原则，将迪瓦尔先生的务实写到近乎冷酷的程度，跟他儿子阿尔芒的热情、冲动、不计利害关系形成强烈的对照。此外，迪瓦尔先生认为妓女是没有心肝、没有理智的人，是一种榨钱机器，这种看法与阿尔芒的见解大相径庭。小仲马的褒贬在不言之中，要由读者自己去判断。

至于普吕玛丝，这个昔日的妓女，如今是时装店老板娘，她也是女主人公的陪衬人物。小仲马对她的贬斥则是显而易见的。她由于人老珠黄，已不能出卖色相，便攀附正在发红的妓女，从中谋利。她对玛格丽特的“友谊”到了奴颜婢膝的地步，但她每做一件事都要收取酬金。她表面上在开导阿尔芒不要独占玛格丽特，说得头头是道，实际上她是担心玛格丽特从此失去公爵和德·N伯爵的接济，也就断送了她自己的财路。待到玛格丽特奄奄一息的时候，她便毫不留情地离开了玛格丽特。小仲马还写她不放过机会去调情。凡此种种，都写出了她与玛格丽特有云泥之别，不是同一类人物。

从结构上来说，《茶花女》写得环环紧扣，衔接自然。作者采用倒叙的形式，用第一人称去写这个爱情故事。将男女主人公的相遇、爱情的产生写得一波三折，突变的到来安排合理。悲剧来临之前的交恶再起波澜。故事写得并不单调，但是正如小说中所写的，细节朴实无华，发展过程单纯自然，这是《茶花女》最明显的艺术特点。小说几乎没有枝蔓，写得十分紧凑，这更加强了它的朴实的优点。

此外，在人物外形的描绘上，小仲马也相当老到。他是这样介绍玛格丽特的：

> 在一张艳若桃李的鹅蛋脸上，嵌着两只黑眼睛，黛眉弯弯，活像画就一般；这双眼睛罩上了浓密的睫毛，当睫毛低垂的时候，仿佛在艳红的脸颊上投下了阴影；鼻子细巧、挺秀，充满灵气。由于对肉欲生活的强烈渴望，鼻翼有点向外张开；嘴巴匀称，柔唇优雅地微启时，便露出一口乳白色的皓齿；皮肤上有一层绒毛而显出颜色，犹如未经人的手触摸过的桃子上的绒衣一样。

小仲马的观察细致，描写准确。一个耽于肉欲和享乐生活的妓女的面孔跃然纸上。这段描写表现出一个烟花女子的打扮和气质，是颇有力度的。

在其他艺术手段的运用上，则可以看出小仲马受到十八世纪启蒙作家孟德斯鸠和伏尔泰的影响。例如他在介绍上层社会的各类人物时，运用了罗列式的讽刺笔调，一句话勾勒出一个人的丑态。此外，小说结尾玛格丽特的日记，是一种变化了的书信体小说的写法，同十八世纪的文学传统有着密切的联系。《茶花女》的主要篇幅由对话组成，这无疑深受大仲马的影响。小仲马的对话同样写得流畅自然，十分生动传神。然而，他并不满足于大仲马的拿手好戏，他已经十分注意人物的心理刻画。阿尔芒等待幽会时的焦急心情和种种思虑，玛格丽特内心情感的倾诉，都是对人物心理的探索。而普吕玛丝和迪瓦尔先生的长篇开导和说理，又有着巴尔扎克笔下人物的精彩议论的影子。小仲马显然在吸取众家之长，熔于一炉。他对各种艺术手段的运用无疑是成功的。

小说《茶花女》出版的那一年，巴尔扎克已经搁笔了，法国小说出现了一段冷落时期。《茶花女》的出现在某种程度上填补了这一真空。可惜的是，小仲马未能再进一步写出更深刻的作品。（十九世纪）六十年代至八十年代，他有一些作品问世，如小说《克勒蒙梭事件》（1866）、戏剧《婚礼拜访》（1871）、《阿尔封斯先生》（1874）、《弗朗西荣》（1887）等。1875 年，小仲马进入法兰西学士院。后期他的思想产生了变化，曾致力于修改《茶花女》。在 1872 年的版本中，他把一些字句改得平和一点，去掉锋芒，这纯属画蛇添足，后人并不理会他这种思想倒退。小仲马于 1895 年 11 月 27 日在马于利-勒-罗瓦去世。

郑克鲁

目　录

茶花女

茶花女

一

我的见解是，唯有悉心研究过人，才能塑造人物，正如只有认真地学习过一种语言，才会讲这种语言一样。

由于我还没有达到笔下生花的年龄，我只好满足于平铺直叙。

因此，我恳请读者相信这个故事的真实性，故事中的所有人物，除了女主人公以外，至今还活在人世。

另外，我在这里搜集的大半材料，在巴黎有一些见证人，倘若我的证据不够的话，他们可以作证。出于特殊的机会，唯独我才能将这个故事实录下来，因为只有我了解得巨细无遗，不然的话，无法写出一部兴味盎然的完整故事。

下面谈谈我是怎样了解这些详情的。

一八四七年三月十二日，我在拉菲路看到一张黄色的大幅广告，宣布要拍卖家具和贵重古玩。这次拍卖是在物主过世以后举行的。广告没有提到死者姓名，拍卖要在十六日从正午到下午五点钟，于昂坦街九号举行。

广告另外写明，在十三日和十四日，可以参观这套公寓和家具。

我一向是古玩爱好者。我决心不能坐失良机，即令不买，也要饱个眼福。

第二天，我来到昂坦街九号。时间还早，但是公寓里已经有参观者，也有女的。虽然她们身穿丝绒服装，披着开司米围巾，门口还有华丽的四轮轿式马车在等候，但她们都惊讶地，甚至赞赏地观看着展现在她们眼前的奢华陈设。

不久，我就明白她们缘何这样赞赏和惊讶了。因为我也开始观察，很容易就发现，我正待在一个靠情人供养的女人的公寓里。可是，上流社会的妇女渴望看到的，正是这些女人的内室，这里恰巧有一些上流社会的妇女。这些靠人供养的女人拥有的华丽马车，每天在贵妇人的马车上溅上泥浆；她们跟贵妇人一样，在歌剧院和意大利剧院订有包厢，坐在贵妇人的隔壁；她们在巴黎恬不知耻地炫耀她们的天姿国色、珠光宝气和荡检逾闲。

我参观的这个公寓的女主人已经故去，因此连最贞洁的女人

都可以长驱直入，来到她的卧室。死神已经净化了这个富丽堂皇的藏污纳垢之地的空气。再说，如果有必要的话，她们的托词是，她们要来参加拍卖，不知道来到谁家。她们看到了广告，想来参观一下广告推荐的东西，预先做些挑选而已，没有比这更普通的事了；这并不妨碍她们在所有这些奇珍异宝中，寻找这个交际花的生活痕迹。不消说，别人已经告诉

过她们有关这个交际花的异乎寻常的故事了。

不幸的是，秘密已随同这个女神一起逝去，不管这些贵妇人有多么良好的愿望，她们只能得到死者身后要拍卖的物品，却丝毫发现不了女房客在世时卖笑生涯的迹象。

再说，有的东西值得一买。陈设华丽，布尔[①]制作的玫瑰木[②]家具，塞弗尔[③]和中国的花瓶，萨克森[④]的小塑像、绸缎、丝绒和花边绣品，应有尽有。

我在公寓里信步而行，跟随着比我先来的好奇的贵妇。她们走进一个蒙着波斯墙布的房间，我正要也走进去，这时她们却几乎随即笑着退出来，仿佛羞于这次新的猎奇。我反而更加强烈地想踏入这个房间。这是梳妆室，摆满了最精致的玩意儿，死者的挥霍似乎从中发展到顶点。

靠墙有一张宽三尺、长六尺的大桌子，奥科克和奥迪奥[⑤]制作的各种珍宝在上面闪闪发光。这是一套洋洋大观的收藏。这千百件物品对于置身这间内室的这样的女人来说，是她梳妆打扮必不可少的；其中没有一件不是金器或银器。然而这些收藏显然只能逐渐地罗致，而且不是同一个情夫所能搜罗齐全的。

我目睹一个由情人供养的女人的梳妆室，并未感到心中不悦，无论什么东西，我都饶有兴味地细察一番。我发现，所有这些巧夺天工的用具，都镌刻着不同的姓氏开头字母和形形色色的冠冕。

我望着所有这些物品，每一样都无异向我描绘出这个可怜姑

---

① 布尔（1642—1732），法国有名的乌木雕刻家。
② 玫瑰木产于巴西，因有玫瑰香味而得名。
③ 塞弗尔，法国村镇，瓷器工业中心。
④ 萨克森，德国东部地区，皮革、瓷器、食品、纺织中心。
⑤ 奥科克、奥迪奥，当时最有名的金银匠，相传罗马国王的摇篮由奥迪奥制作。

娘的一次卖淫。我想，天主对她是宽宏大度的，因为天主没有让她遭到通常的那种惩罚，而是让她不到晚年，依然如花似玉，在奢华中死去。对这些交际花来说，年老色衰可谓第一次死亡。

实际上，还有什么比堕落生活的晚年——尤其是在女人身上——更为惨不忍睹的呢？这样的晚年没有尊严可言，丝毫引不起别人的关心。这样抱恨终生，并不是追悔误入歧途，而是悔恨一再失算和用钱不当，这是人们能够听到的最使人悲伤的遭遇之一。我认识一个曾经风流一时的女人，过去的生活只给她留下一个女儿，用她同时代人的话来说，她的女儿几乎同她母亲年轻时一样漂亮。这个可怜的孩子，她的母亲从来没有对她说过“你是我的女儿”，反而要她给自己养老，就像做母亲的曾经把她抚养大那样。这个可怜的女子名叫路易丝，她听从母亲的心愿，毫无选择、毫无热情、毫无乐趣地委身于人，仿佛别人考虑要她学会一种职业，她就从事这种职业一样。

连续不断地耳濡目染堕落的生活，而且过早地沉湎于堕落生活，加以这个姑娘常年不断病歪歪的身子要维持这种生活，这一切毁掉了她身上对善与恶的理解；天主也许给了她这种理解能力，但是没有人想过要发展它。

我会始终记得这个少女，她几乎天天在同一时刻走过大街。她的母亲经常陪伴着她，如此持之以恒，如同一个真正的母亲陪伴她亲生的女儿一样。那时候我还年轻，决意接受我那个时代轻佻的风尚。我记得，看到这种引起议论的监视，使我产生蔑视和厌恶。

除此以外，任何处女的脸上，都不会有这样一种天真无邪的情态和这样一副忧郁而痛苦的表情。

简直可以说，这是屈从女郎[1]的面孔。

有一天，这个姑娘的面孔豁然开朗了。在她母亲一手包办的堕落生涯里，这个女罪人觉得天主已准许她获得幸福。说到底，把她塑造成如此软弱无力的天主，为什么让她在痛苦的生活重负下得不到慰藉呢？终于有一天，她发现自己怀孕了，她身上还有的圣洁思想，使她欣喜得战栗。她的心灵中有一些古怪的避难处所。路易丝跑去告诉母亲这个使她大喜过望的消息。这是难以使人启齿的事，但是，我们不是在这里随意编造伤风败俗的故事，我们是在叙述一件真人真事。如果我们认为不必时不时地透露这些女人的苦难，那么闭口不谈也许会更好一些。人们谴责这些女人，又不听她们申诉，蔑视她们，不给她们公正的评价。我们说难以启齿，但是做母亲的回答她的女儿，她们两个人的收入已经不太够花销，三个人生活就更入不敷出了，再说，这样的孩子一无用处，怀孕是白白地丢掉时间。

第二天，一个助产婆——我们暂且把她看作姑娘母亲的朋友——来看路易丝。路易丝卧床数日，复原后比先前更苍白，更虚弱。

三个月以后，有个男子对她心生怜悯，设法要恢复她的身心健康；可是这最后一次打击太厉害了。路易丝出于流产，后果严重，不治而逝。

她的母亲还在人世：情况怎么样？只有天知道！

正当我凝视那些银匣的时候，这个故事便来到我的脑际。在我沉思凝想时，看来过了相当一段时间，因为屋子里只剩下我和

---

① 巴黎的圣厄斯塔什教堂，有一尊皮加勒雕塑的圣母像，神情隐忍。

一个看守人，他在门口留心察看我是不是在偷窃。

我走近这个老实人，我已使他惴惴不安。

“先生，”我对他说，“您可以告诉我住在这里的人是什么名字吗？”

“玛格丽特·戈蒂埃小姐。”

我知道这个姑娘的名字，并且有一面之交。

“怎么！”我对看守人说，“玛格丽特·戈蒂埃去世了？”

“是的，先生。”

“什么时候去世的？”

“我想，在三个星期以前吧。”

“为什么让人来参观她的公寓呢？”

“那些债权人认为这样做只会提高拍卖价。买主可以预先看看这些织物和家具，您明白，这样能促进购买。”

“那么说，她负债了？”

“噢！先生，一大笔债。”

“不过，拍卖大概能还清债务吧？”

“还有得多呢。”

“那么，多下来的钱归谁呢？”

“归她的家属。”

“这样说，她有个家啰？”

“看来有。”

“谢谢，先生。”

看守人摸清了我的来意后放心了，对我行了个礼，我走了出去。

“可怜的姑娘！”我在回家的时候心里想，“她必定死得很惨，因为在她那个圈子里，只有身体健康才会有朋友。”我不由得同情起玛格丽特·戈蒂埃的命运。

在许多人看来，也许这显得荒唐可笑，但是我对烟花女子是无限宽容的，而且我甚至犯不着为这种宽容去争辩。

有一天，我去警察局领取护照，看见旁边一条街上有两个宪兵押走一个妓女。我不晓得这个妓女做了什么事。我所能说的是，她抱着一个几个月的婴儿，哭得泪如雨下，因为逮捕她，母子就要骨肉分离，从这天起，我再也不会刚一见面便对一个女人显出蔑视了。

二

拍卖在十六日举行。

在参观和拍卖之间有一天间歇，这是留给挂毯工人拆卸帷幔、窗帘等饰物的时间。

那时节，我刚刚旅行归来。一个人回到消息灵通的首都时，他的朋友们总是会告诉他一些重要新闻，但是没有人把玛格丽特的去世当作要闻告诉我，这也是相当自然的。玛格丽特风致楚楚，可是，这些女人讲究的生活越是引起街谈巷议，她们的过世便越是无声无息。她们犹如某些星辰，黯淡无光地升起又落下。倘若她们年纪轻轻便夭折了，她们所有的情人便会同时获悉。因为在巴黎，一个名妓的所有情人几乎都融洽无间。他们你一言我一语地回忆起她的事，彼此照旧继续生活下去，这件事丝毫不会打乱他们的生活，他们甚至不洒一滴眼泪。

今天的人到了二十五岁，掉眼泪就变得非常少见，以至不可能对随便什么女人抛洒同情之泪。至多是对花过钱的双亲，由于曾花钱养育过自己，才会得到几滴眼泪。

至于我，尽管在玛格丽特的任何一只梳妆匣上，都没有以我的姓名首字母组成的图案，但是我刚才承认的那种出于本能的宽容和那种天生的怜悯，却使我对她的辞世久久不能忘怀，也许超过了她值得我如此缅怀的程度。

我记得时常在香榭丽舍大街遇到玛格丽特，她坐在一辆由两匹枣红色骏马驾辕的蓝色四轮轿式的小马车里，每天一准来到那里。那时我注意到在她身上具有一种她那一类人罕见的高贵气质，这种气质使她那真正不同凡响的美貌更添风采。

通常这些不幸的女子出门时，总是有人陪伴着。

这是由于任何男人都不情愿把自己同这种女人的夜夜恩爱公之于众，加上这些女人害怕孤独，因此出门总是带着女伴。这些女伴的景况要差得多，没有自己的马车，而且大多是爱卖俏的老妇人，只是任凭怎么装扮，也无法显示出她们的俏丽。如果有人想知道她们所陪伴的女子的任何私情秘事，那么，完全可以不必顾忌地去向她们打听。

玛格丽特却不是这样。她总是独自坐车到香榭丽舍大街，冬天裹着一条开司米大围巾，夏天穿着非常素雅的连衣裙，尽量不惹人注目；尽管在这条她喜欢散步的大道上有不少熟人，她也只是偶尔对他们莞尔一笑。唯有这些人才能看到这种仿佛出自一位公爵夫人露出的微笑。

她并不像她所有的同行一向所做的那样，在圆形广场到香榭丽舍大街入口之间踯躅。她的那两匹马常把她快速地拉到布洛涅园林[①]。她在那里下车，漫步一个小时，然后登上双座四轮轿式马车，驱车疾驰回家。

以前我有时目睹过这些情景，如今依然历历在目。我痛惜这个姑娘的夭折，如同人们惋惜一件精美的艺术品被毁坏了一样。

可是，不可能看到比玛格丽特更迷人的美女了。

她身材颀长，窈窕得有点过度，可是拥有精妙绝伦的才能，只要在穿着上稍加安排，就可以消除造化的这种疏忽。她的开司米围巾长可及地，两边露出丝绸连衣裙宽阔的边饰。厚厚的手笼藏住她的手，紧贴在胸前，四周围满了褶裥，做工非常精巧，以至眼光无论怎样挑剔，也无从指责线条的曲折。

她的头异常秀美，经过精心修饰，显得小巧玲珑，就像缪塞[②]所说的那样，她的母亲似乎有意把它生成这样，便于细心打扮。

在一张艳若桃李的鹅蛋脸上，嵌着两只黑眼睛，黛眉弯弯，活像画就一般；这双眼睛罩上了浓密的睫毛，当睫毛低垂的时候，仿佛在艳红的脸颊上投下了阴影；鼻子细巧、挺秀，充满灵气。由于对肉欲生活的强烈渴望，鼻翼有点向外张开；嘴巴匀称，柔唇优雅地微启时，便露出一口乳白色的皓齿；皮肤上有一层绒毛而显出颜色，犹如未经人的手触摸过的桃子上的绒衣一样。这就是这张迷人的脸庞的全貌了。

黑玉般的头发，不知是不是天然鬈曲的，在额前分披成两大

---

① 布洛涅园林位于当时巴黎的近郊，是游乐胜地。

② 缪塞（1810—1857），法国浪漫派诗人、戏剧家和小说家，作品有《四夜组诗》《罗朗萨乔》《一个世纪儿的忏悔》等。

绺，消失在脑后，露出两个耳垂，两只钻石耳环闪烁有光，每只价值四五千法郎。

玛格丽特虽过着纵欲的生活，但她的面容却呈现出处女的神态，甚至带着稚气的特征，这点难免令人纳闷。

玛格丽特自己有一幅出色的肖像画，它出自维达尔①的手笔，也唯有他的画笔，才能把她画得如此活灵活现。在她故世以后，有几天，这幅画曾在我手里。肖像画画得确实惟妙惟肖。对往事的记忆也许会有疏漏，而这幅画却能给我提供不少情况。

这一章叙述的详情，有一些是我后来才知道的，不过我将在下文一一照录，免得开始讲述这个女子的轶事时，再回过头来提及。

每逢剧场首演，玛格丽特场场必到。每天晚上，她都在剧场或者舞厅里度过。每逢上演新戏，十拿九稳可以在剧场里看到她。她有三样东西总不离身：她的观剧望远镜、一袋糖果和一束茶花，而且总是放在底层包厢的前栏上。

这些茶花一个月里有二十五天是白色的，而另外五天则是红色的；从来没有人洞悉这种颜色变化的缘由，我也点到为止，而不知其所以然。她经常光顾的那些剧院的常客，还有她的朋友们，都像我一样注意到这一点。

除了茶花以外，谁也没有见过玛格丽特带来别的花。因此，在她常去的巴尔荣夫人的花店里，有人终于给她起了个“茶花女”的绰号，这个绰号一直保留了下来。

另外，如同所有在巴黎某个圈子里生活的人一样，我知道玛

---

① 维达尔（1811—1887），法国肖像画家，保尔·德拉罗什的学生，在第二帝国时期，他常为贵族和巴黎上流社会人士作画。

格丽特做过一些风流倜傥的年轻人的情妇。对此，她毫不隐讳，他们也自吹自擂，这就表明这些情夫和他们的情妇彼此心满意足。

可是，据说有一次从巴涅尔[1]旅游回来以后，有近三年的时间，她只跟一个外国老公爵[2]生活在一起。这位老公爵富可敌国，千方百计要她摆脱以往的生活，而且看来她也心甘情愿地听此人摆布。

关于这件事，别人是这样告诉我的：一八四二年春天，玛格丽特身衰体弱，大为变样，医生们嘱咐她到温泉去。于是她动身来到巴涅尔。

在那里的病人中间，就有那位公爵的女儿，她不仅生着同样的病，而且跟玛格丽特的脸长得极为相像，以至别人都把她俩看作两姐妹。只不过公爵小姐的肺病已经到了第三期，玛格丽特来到后没几天，她就撒手人寰了。

正如有些人总想多待在埋葬着亲人的土地上一样，公爵也一直留在巴涅尔。一天上午，他在一条小径的拐角处望见了玛格丽特。

他仿佛看到女儿的亡灵掠过，便朝她走去，抓住她的手，泪流满面地拥抱她，也不打听她是谁，只恳求能够允许见到她，把她当作他逝去的女儿活着的影像来热爱。

玛格丽特只跟她的侍女来到巴涅尔，再说她也毫不担心玷污名声，便慨然允诺公爵的要求。

在巴涅尔，有人认识玛格丽特，他们专诚来拜访公爵，告诉他戈蒂埃小姐的真正身份。对老人来说，这是当头一棒，因为这

---

① 巴涅尔在上比利牛斯山区，是个温泉疗养地，专治贫血症。
② 老公爵，其实是德·斯塔凯贝格伯爵，他曾是俄国驻维也纳的大使。

一来就再也谈不上跟她女儿相似了，可是为时已晚。年轻女子已经成为他心灵中的一种需要，成为他生活下去的唯一借口和唯一理由。

他毫不责备玛格丽特，也没有权利这样做，但是他问玛格丽特，她是否能改变生活，他愿意弥补这种损失，她要什么补偿都可以。她答应下来。

需要说明的是，玛格丽特生性热情奔放，当时正在患病。她觉得以往的生活是她患病的主要原因之一。出于一种迷信的想法，她希望天主留给她美貌和健康，以换取她的悔改和皈依。

果然，夏末来临的时候，由于常洗温泉澡，散步，疲惫的恢复和充足的睡眠，她差不多恢复了健康。

公爵陪伴玛格丽特回到巴黎。他仍像在巴涅尔一样，时常前来探望她。

他们这种关系，别人既不了解真正的起因，也不了解真实的缘由，所以在巴黎引起巨大的轰动。因为公爵以家财万贯而著称，如今又以挥金如土而闻名遐迩。

大家把老公爵同年轻女子的亲密关系，归之于老富豪常有的贪淫好色。什么都猜测到了，真情却除外。

然而，这个父亲般的老人对玛格丽特的感情，起因非常圣洁，除了心灵相通之外，任何其他关系在公爵看来都是乱伦，他从来没有对玛格丽特讲过一句他女儿无法入耳的话。

我们根本不想把女主人公写成不同于她本来面目的模样。因此，我们要说，只要她待在巴涅尔，她对公爵许下的诺言是不难遵守的，她已经践了约；但是，一旦返回巴黎，这个习惯于放荡生活、舞会，甚至狂饮滥喝的姑娘，便觉得她的孤独只有公爵定期来访才打破一下，不免烦闷得要命，以往生活的热流同时掠过她的头部和心房。

要补上一句，玛格丽特从这次旅游回来之后，比先前更漂亮。她时年二十，病有起色，但是没有根除，正在继续激发她的狂热欲望，这种欲望几乎总是肺病引起的结果。

公爵的朋友们坚持认为，公爵跟玛格丽特来往有损声誉。他们不断地监视，想抓住她的一件丑事。一天，他们前来告诉公爵，并向他证实。一旦玛格丽特看准了公爵不来看她，她便接待客人，而且拜访常常延续到第二天。这些话使公爵感到钻心地痛苦。

玛格丽特受到盘问时，向公爵承认了一切，还毫不隐讳地劝告他不要再照顾她了，因为她觉得自己没有力量遵守许下的诺言，而且她不愿意再接受一个受她欺骗的男人的恩惠。

公爵有一个星期没有露面，他能够做的仅限于此。第八天，他来恳求玛格丽特继续跟他来往。他答应，只要能够见到她，她爱怎样做他都能忍受。他还向她起誓，即使他为此而一命呜呼，他也决不责备她一句。

这就是玛格丽特返回巴黎三个月以后，亦即一八四二年十一月或者十二月发生的事。

三

十六日下午一点钟，我来到昂坦街。

一到能通车辆的大门口，就听到拍卖估价人的喊叫声。

公寓里挤满了好奇的人。所有的名妓花魁都莅临了，有几位贵妇在偷偷地打量她们。这些贵妇又是借口参加拍卖，以便名正言顺地就近看看自己从来没有机会与之相聚的那些女人；也许她们暗地里在艳羡这些女人轻佻放荡的享乐呢。

德·F公爵夫人跟A小姐擦肩而过；A小姐是当今交际花中最为时乖运蹇的女子之一。德·T侯爵夫人迟疑不定，是不是把D夫人在抬价的一件家具买下来；D夫人是当代最风流、最著名的荡妇。德·Y公爵在马德里被看作在巴黎破了产，而在巴黎被看作在马德里破了产，但说到底，他连最低的收入都没有花完呢。他一面在跟M太太谈话，一面在跟德·N夫人互递媚眼；M太太是一位才智横溢的短篇小说女作家，她不时想把自己所讲的事写下来，并且签上名字。漂亮的德·N夫人喜欢在香榭丽舍大街散步，几乎总是身穿粉红或者蓝色衣服，她的马车由两匹高大的黑马驾辕，托尼[①]出价一万法郎把这两匹马卖给她，她如数付款。最后还有R

---

① 托尼，当时的马商，在他的马场里能买到最漂亮的马车。

小姐，她全凭自己的才智达到如今的地位，这使那些靠嫁妆炫耀的上流社会妇女自愧弗如，更使那些靠爱情谋生的其他女人难望项背。她不顾天寒地冻，前来购买一些物品，而盯住她看的人也为数不少。

麇集在这个客厅里的许多人的姓名首字母，我们还可以一一罗列出来，他们非常惊讶会汇聚一堂；可是，我们担心这样做会使读者厌烦。

只消说一句，当时人人都显得欢天喜地似的，而在场的所有女人中间，有许多人认识死者，却好像并不怀念故人。

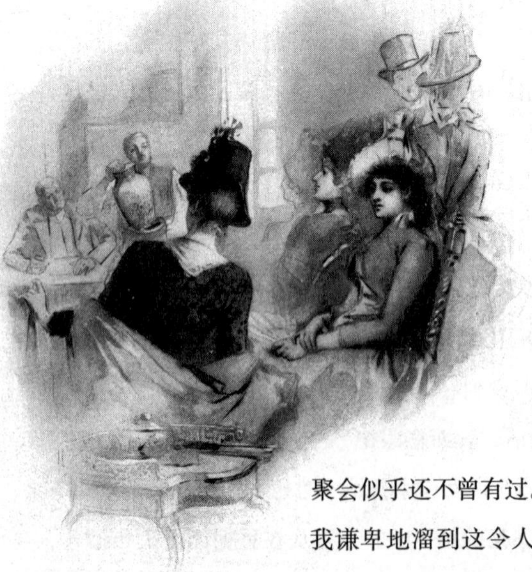

大家笑声朗朗；拍卖估价人声嘶力竭地叫喊；占满拍卖桌前长凳上的商人们，徒劳地力图叫大家安静，好让他们安安稳稳地做买卖。比这更加杂乱喧闹的聚会似乎还不曾有过。

我谦卑地溜到这令人悲哀的嘈杂纷乱的场地中。我想象着，这幅情景竟发生在这个可怜的女人咽气的房间附近。如今拍卖她的家具，却是为了偿付她的债务。我与其说是来买东西，不如说是来观察的。我注视着那些从事拍卖的商人的面孔，每当一件物品叫到他们料想不到的价钱时，他们就喜笑颜开。

那些在这个女人的卖笑生涯上搞过投机，在她身上大赚了一笔，在她临终时刻拿了贴着印花的借据来纠缠不休，她死后又来收取他们冠冕堂皇的账款和卑鄙可耻的贷款利息的人，真是谦谦君子啊！

古人认为商人和盗贼信仰同一个天主，他们真是言之有理！

连衣裙、开司米披巾、首饰，快得令人难以相信地拍卖掉了。没有一样东西我看得中，我一直等待着。

突然我听到喊声：

“一本书，装帧精美，书边烫金，书名：《玛侬·莱斯科》[①]，扉页上有题字。十法郎。”

“十二法郎。”沉默良久之后，响起一个声音。

“十五法郎。”我说。

为什么我报出这个价钱呢？我一无所知。大概是为了那些题字吧。

“十五法郎。”拍卖估价人再叫一遍。

“三十法郎。”第一抬价的人说，口气好似藐视别人再加价。

这一下就变成一场争夺了。

“三十五法郎！”于是我用同样的声调叫道。

“四十法郎。”

“五十法郎。”

“六十法郎。”

“一百法郎。”

---

① 《玛侬·莱斯科》，十八世纪法国作家普雷服神父（1697—1763）的风俗小说，女主人公是一个既淫荡又无私，既不忠实又温柔的复杂形象。

我承认，如果我想引人注目的话，那么我已经完全做到了，因为在这样抬价的时候，全场鸦雀无声，大家望着我，想知道这位看来一心一意要得到这本书的先生是何许人。

看来，我最后一次叫价的口气镇住了我那位竞争对手：于是他宁愿放弃竞争，这场竞争却使我花了十倍的价钱买下这本书。他欠了欠身，虽然做得晚了一些，但是他仍然非常温文尔雅地对我说：

“我拱手相让，先生。”

由于没有人再抬价，书就拍卖给了我。

因为我担心别人再一次执拗地抬价，而我的自尊心也许会坚持应战，可是我囊中羞涩，因此我请人记下我的名字，把书留在一边，然后我下了楼。我肯定让目睹这个场面的人大费思索，他们无疑会纳闷，此人出于什么目的花费一百法郎来买一本书，这本书到处可以买到，至多花十个或十五法郎。

一小时以后，我派人去取我的这本书。

扉页上赠书人用羽笔写下挺秀的题辞。题辞只有这么几个字：

玛侬对玛格丽特

丢人现眼

下面署名：阿尔芒·迪瓦尔。

“丢人现眼”这个词是什么意思呢？

据阿尔芒·迪瓦尔先生看来，玛侬是不是承认玛格丽特在放荡或者情感方面要略胜一筹呢？或许后一种理解更为贴切。因为前一种理解，直率得无礼，不管玛格丽特怎样自惭形秽，也不会接受。

我又出门去了，直至晚上临睡时，我才顾到这本书。

诚然，《玛侬·莱斯科》是一个动人的故事。我熟悉书中的每一个情节，但每当我重读这本书的时候，我对这本书的好感总是使我手不释卷。我翻开书，又一次同普雷服神父笔下的女主人公生活在一起。这位女主人公呼之欲出，我仿佛认识她似的。在此时新的情况下，将她与玛格丽特做一对比，这给我阅读这本书增添了始料不及的魅力。出于对这个可怜姑娘的怜悯，甚至是喜爱，我越发宽容她了。这本书就是我从她那里得到的遗物。玛侬确实死在荒漠里，可这是在对她鹣鲽情深的男子怀里断气的。玛侬辞世之后，他给她挖了一个墓穴，滔滔热泪洒落在她身上，也把自己的心埋葬在墓中。而玛格丽特呢，她像玛侬一样是个有罪的人，或许像玛侬一样皈依宗教了。倘若一定要相信我亲眼所见的情况，她是死在奢华的环境里的。她僵卧在她往昔的床铺上，也躺卧在这个心灵的荒漠中；这个荒漠，比埋葬玛侬的荒漠更干燥，更广袤，更无情。

我从几个了解她弥留之际情况的朋友那里得知，玛格丽特在她长达两个月的痛苦而缓慢的临终期间，看不见谁到她床边给她真正的安慰。

随后，我的思路从玛侬和玛格丽特转到我认识的其他女人身上，我看到她们唱着歌，走向几乎总是亘古不变的死亡。

可怜的女人啊！如果爱上她们是一种过错的话，那么至少应该同情她们。你们同情从未见过阳光的盲人、从未听见过大自然和音的聋子、从来不能表达自己心灵之声的哑巴。而在那种假惺惺的廉耻的借口下，你们却不愿同情这样的心灵失明，灵魂重听和良心哑巴。这些残疾，使病痛中的不幸女人发狂，使她无限忧伤地感受不到善良，听不到天主的声音，更无法表达对爱情和信仰的纯洁语言。

雨果塑造了玛丽永·德洛尔姆，缪塞塑造了贝纳蕾特，大仲马塑造了费尔南德[①]。历代的思想家和诗人都把仁慈奉献给烟花女。有时一位伟人用他的爱情，甚至用他的姓名，为她们恢复名誉。我之所以如此强调这一点，那是因为，在以后会来看我这本小说的读者中间，也许有很多人不准备把这本书看完。他们担心所看到这本书的内容，是在为邪恶和卖淫辩护；而且该书作者的年龄[②]，更会助长人们产生这种疑虑。但愿这样想的人会改变初衷，如果仅有这点担心阻拦住他们的话；但愿他们能继续看下去。

说句实话，我信奉如下这个原则：对于没有受过善良陶冶教育的女子，天主几乎总是敞开两条通向善良的道路：一是痛苦，一是爱情。这两条路很难跋涉；踏上这两条路的女人，往往双脚鲜血淋漓，双手撕开裂口，但她们同时也在路旁的荆棘上，留下了恶行败德的华丽饰物，赤条条地到达目的地；在天主面前，赤身裸体用不着脸红耳赤。

凡是与这些大胆跋涉女子邂逅的人，都应该支持她们，并且不妨公开说，他们接触过这些女子。能将这件事公之于众，实际上也就指出了道路。

当然不能天真地在人生道路的入口竖上两块牌子：一块是提示，上写“善之路”；另一块是警告，上写“恶之路”。也不能对那些来到入口的人说：“选择吧。”必须像基督那样，指出道路，把

---

① 这三个人物都是雨果、缪塞和大仲马笔下的妓女。
② 小仲马发表《茶花女》时只有二十四岁。

那些跃跃欲试的人从后一条路带往前一条路；尤其不应该让这些道路的开端过于令人痛苦，过于崎岖难行。

基督教关于浪子回头的精彩寓言，目的在于劝告我们要宽大为怀，仁慈厚道。耶稣对那些深受情欲之害的人充满了爱，他致力于包扎他们的伤口，同时从伤口本身挤出治疗伤口的香膏。因此，他对抹大拉说“你将得到宽恕，因为你的爱多[①]”，崇高的宽恕，应该唤起崇高的信仰。

为什么我们要比基督更加严厉呢？这个世界表现得严厉，是为了让人相信它强大，我们也就执着地坚持它的见解。为什么我们要同它一起抛弃伤口流血的灵魂呢？从这些伤口里，像病人流出污血一样，他们过去的罪恶满溢而出。这些灵魂就等待一只友好的手来包扎他们的伤口，治愈他们心灵的创伤。

我在向我的同代人进言，向认为伏尔泰先生的理论幸而已经过时的人进言，向像我一样懂得十五年来人类正在突飞猛进的人进言。关于善与恶的学问已经彻底地掌握了；信仰又重新确立，我们又可以尊敬神圣事物。如果世界不是十全十美，至少它是变得更好了。凡是明智的人都劲往一处使，一切伟大的意志都致力于同一个原则：我们要心地善良，要朝气蓬勃，要真心实意！恶只是一种空虚的东西，我们对义行善举要感到骄傲，尤其不要感到绝望。不要蔑视既不是母亲、女儿，又不是妻子的女人。不要减少对家庭的尊重，对自私的宽恕。既然上天更加喜欢一个忏悔的罪人，而不是一百个从来没有犯过罪的遵守教义的人，就让我们竭力讨上天的喜欢吧。上天会超额奉还我们的。在我们的道路

---

① 见《圣经·路加福音》第七章第四十七节。

上，给那些被人间欲望所断送的人留下我们的宽恕吧，也许神圣的期望可以拯救他们，就像那些善良的老妇人劝人用她们的药时所说的那样，即使不产生好作用，也不会产生坏影响。

当然，想从我谈论的小题目中得出重大的结论，大概显得太大胆了。但是，我属于这样的人：相信一切寓于微末之中。孩子虽小，他却蕴含着成人的智慧；脑袋虽狭，它却包藏着深刻的思想；眸子才不过一个圆点，它却可以一览无余地看到几公里的地方。

四

两天以后，拍卖全部结束，总共拍卖到十五万法郎。债主们分走了三分之二，余下部分由家属继承；她的家属包括一个姐姐和一个小外甥。

当代理人写信告诉她的姐姐可以继承五万法郎时，这位姐姐目瞪口呆。

这个年轻姑娘已经有六七年没有见过她的妹妹，自从她妹妹销声匿迹以后，无论她还是别人，对她妹妹的情况都一无所知。

于是她匆匆赶到巴黎，当认识玛格丽特的人看到这个唯一的继承人是个肥胖而漂亮的乡下姑娘，至今还从来没有离开过她的村子时，他们都惊愕不已。

她一下子发了财，但是连这笔意外之财从何而来都不知道。

后来有人告诉我，她回到乡下时，为妹妹的去世感到十分悲痛，然而她把这笔钱以四厘五的利息存了起来，使她的悲痛获得补偿。

巴黎是个各种传闻不胫而走的城市，但所有这些情况口口相传之后，也开始被人淡忘了。要不是又出了一件事，使我了解到玛格丽特的身世，我甚至几乎忘记了自己经历过这些事情。这件事使我知道一些非常动人的细节，我不由得想写出这个故事。让我娓娓道来吧。

卖掉了她的所有家具以后，这套空房间又要出租了，过了三四天的一个上午，有人拉我家的门铃。

我的仆人，或者不如说我那兼做仆人的看门人去打开门，给我拿来一张名片，他对我说，来客要见我。我看了一下名片，看到上面写着：阿尔芒·迪瓦尔。

我在脑海里搜索在什么地方见过这个名字，我回想起《玛侬·莱斯科》这本书的扉页。

把这本书赠送给玛格丽特的人，来找我干什么呢？我吩咐立刻请来客进屋。

于是我看到一个年轻人，头发金黄，身材高大，面色苍白，身穿一套旅行服装，他好像穿了几天不离身似的，甚至到了巴黎也没有费心刷一下，因为这衣服盖满灰尘。

迪瓦尔先生非常激动，他也丝毫不加掩饰。他泪水盈眶，声音颤抖地对我说：

“先生，请原谅我冒昧来拜访，衣冠不整；但是年轻人之间用不着太拘束，何况我非常想在今天见到您，我甚至来不及下榻旅馆，虽然我已经把箱子送去了。尽管现在时间很早，但我担心碰不到您，便赶到您这里来。”

我请迪瓦尔先生坐在炉火边。他坐下时，从口袋里掏出一块手帕，把脸捂住了一会儿。

“您大概不明白，”他悲伤地叹了口气，又说，“一个素不相识的人，在这种时候，穿着这样的衣服，哭成这副模样来拜访您，会请您做什么。

“先生，老实说，我是来请您帮个大忙的。”

“说吧，先生，我听从您的吩咐。”

“您参加了玛格丽特·戈蒂埃家里的拍卖吗？”

这个年轻人本来已经克制住激动，但说完这句话，他又控制不住了，不得不用双手捂住眼睛。

“恐怕您觉得我十分可笑，”他又说，“请再一次原谅我这副模样，请相信，您那么耐心地听我说话，我是永远不会忘记的。”

“先生，”我回答，“如果我真的能为您效劳，稍许平息一下您忍受的痛苦，那么请快点告诉我，我能为您做些什么，您会感到我是一个乐意为您效劳的人。”

迪瓦尔先生的痛苦委实令人同情，我不由自主地要让他高兴。

这时他对我说：

“在拍卖玛格丽特的东西时，您也买下一件吧？”

“是的，先生，我买了一本书。”

“是《玛依·莱斯科》吗？”

“正是。”

“这本书还在您手里吗？”

“书在我的卧室里。”

阿尔芒·迪瓦尔听到这句话以后，如释重负，向我致谢，仿佛我保留着这本书，已经帮了他一个忙似的。

于是我站起来，走到卧室里，把书取来，交给了他。

“正是这本，”他看着扉页的题词，翻阅着说，“正是这本。”

两大颗泪珠滴落在书页上。

“那么，先生，”他朝我抬起头来说，分明无意掩饰他哭泣过，而且显得几乎又要哭泣，“您很看重这本书吗？”

“先生，您为什么要这样问？”

"因为我这次来是请您把这本书让给我。"

"请原谅我的好奇心,"这时我说,"把这本书赠送给玛格丽特·戈蒂埃的人就是您吗?"

"就是我。"

"这本书归您啦,先生,拿去吧,我很高兴能物归原主。"

"可是,"迪瓦尔先生尴尬地说,"至少我要把您付出的钱还给您。"

"请允许我把它送给您。在这样一次拍卖中,一本书的钱只是区区小事,这本书我花了多少钱,我也记不起来了。"

"您花了一百法郎。"

"不错,"我说,这次轮到我尴尬了,"您怎么知道的?"

"非常简单。我本来想及时赶到巴黎,参加玛格丽特家的拍卖,可我今天早上才到达。我非要得到她的一件遗物不可。我赶到拍卖估价人那里,请求他允许我查阅售出物品的名单和买主的姓名。我看到这本书是您买下的,便决意请求您割爱,尽管您出的价钱令我担心,您获得这本书也是为了寄托某种纪念。"

阿尔芒这样说话的时候,看来显然生怕我像他一样,跟玛格丽特非常熟悉。

我赶紧让他放心。

"我跟戈蒂埃小姐只有一面之交,"我对他说,"她的过世给我的感觉,恰如一个年轻人对他乐意遇到的漂亮女人辞世所产生的感受那样。我想在那次拍卖中买下一件东西,而且不知为什么固执地抬高这本书的价钱,也是一时高兴,让一位先生恼火,他也想得到这本书,似乎向我挑战要拥有它。现在,我向您再说一遍,先生,这本书归您支配了,我再一次请您接受下来,不要像我从拍卖估价人那里买到它那样，从我手里买回去，而且让这本书成为我们之间交谊更长久，关系更紧密的纽带。”

“很好，先生，”阿尔芒向我伸出手，紧紧握住我的手说，“我接受，我会终身感谢您。”

我非常想询问阿尔芒有关玛格丽特的身世。因为书上的题词，年轻人的长途跋涉和他想得到这本书的愿望，都刺激了我的好奇心；不过我担心这样询问来客，会显得我拒绝他的钱只是为了有权干预他的私事。

好像他猜透了我的心思，因此他对我说：

“您看过这本书吗？”

“从头看到尾。”

“您对我写下的两行字有什么想法？”

“我马上明白，在您眼里，接受您赠书的可怜姑娘不同凡响，因为我不愿意把这两行字只看作是寻常的恭维。”

“您说得对，先生。这位姑娘是一位天使。你看，”他对我说，“念一念这封信吧。”

他递给我一张信纸，这封信看来已经读过许多遍了。

我打开了信，内容是这样的：

亲爱的阿尔芒，我收到了您的信。您依然心地善良，为此我要感谢天主。是的，我的朋友，我生了病，而且是一种不治之症；但是您仍然肯给我关心，大大减轻了我忍受的痛苦。我准定活不长了，没有福气再握住您的手。我刚才收到这只手写出的一封亲切的信，如果有什么可以治愈我的话，那么信上的话就是一帖良药。我将见不到您了，因为我已行将就木，而您和我之间又相隔几百法里。可怜的朋友！您往日的玛格丽特已大为变样，看见她这副模样，也许还不如再也不见为好。您问我是不是原谅您；噢！我由衷地原谅您，朋友，因为您想伤害我只是证明了您对我的爱。我卧床已经有一个月，我非常看重您对我的尊敬，因此我每天写我生平的日记，从我们分离的时候起，一直到我再也握不住笔为止。

倘若您对我的关心是千真万确的，阿尔芒，您回来以后，请到朱丽·迪普拉那里去。她会把这本日记交给您。您会在日记里找到我们之间发生的事的来龙去脉，以及我的辩白。朱丽待我非常好，我们经常在一起谈到您。您的信寄到的时候，她正在我旁边，我们边看信边流泪。

万一我收不到您的回信，她负责在您回到法国的时候，把这些日记交给您。不必感谢我这样做。我每天都重温一遍我一生仅有的幸福时刻，这使我感到莫大的欣慰。如果您在阅读时看到对过去的事的辩解，那么我在其中则找到连续不断的宽慰。

我很想给您留下一件您能永久思念我的物品，可是我家里的东西全部查封了，什么都不属于我的了。

您明白吗，我的朋友？我就要离世了，我的债主们派了个看守来，不让我拿走任何东西，我从卧室听到这个看守在客厅的脚步声。即使我不死，我也一无所有了。但愿他们要等到我寿终正寝以后再拍卖。

噢！人是多么残酷无情啊！我搞错了，或者不如说天主是铁面无私和不屈不挠的。

好吧，亲爱的，您要来参加对我财产的拍卖，您可以买下某件东西，因为我要是为了您将一件微不足道的东西放在一边，让人知道了，他们就可能控告您侵吞查封财产。

我要离开的人生满目苍凉啊！

如果天主让我在死前再见您一面，他是多么善良啊！我的朋友，十之八九要永别了；请原谅我不能再写下去了，那些说是会治愈我的人总是给我放血，弄得我精疲力竭，我的手写不下去了。

玛格丽特·戈蒂埃

最后几个字确实只能勉强辨认得出。

我将信还给了阿尔芒。刚才他无疑在心里复诵了一遍，就像我看到信上所写的那样，因为他一面收回了信，一面对我说：

“有谁会相信这是出自一个受人供养的姑娘的手笔呢！”怀念使他变得非常激动，他有一会儿凝视着信上的字迹，最后捧到唇边亲吻。

“当我想到，”他接着说，“我不能在她死前再见她一面，而且永远见不到她了，又想到她待我比亲姐妹还好，我便不能原谅自己让她这样死去。

“她死了！她死了！临死前还想着我，给我写信，念着我的名字，可怜的、亲爱的玛格丽特！”

阿尔芒禁不住思绪联翩，

涕泪纵横，一边将手伸给我，一边继续说：

“如果有人看到我为这样一个姑娘的去世如此悲痛欲绝，他可能会觉得我太幼稚。这是因为他不知道我曾经让这个女子忍受痛苦，我多么狠心，她多么善良和逆来顺受啊！我原以为是我在原谅她。今天，我觉得她给我的宽恕，我受之有愧。噢！为了能在她脚边哭上一个小时，我宁愿少活十年。”

不了解别人的痛苦，又要去安慰，那总是很困难的事。可是我对这个年轻人产生了非常强烈的同情心，他又这么坦诚相见，向我倾吐心中的悲苦，因此，我相信，他对我的话不会无动于衷。于是我对他说：

“您有亲戚朋友吗？要有信心，去看看他们，他们会安慰您，至于我呀，我只能同情您。”

“不错，”他站起来说，在我的房间里大步地来回走着，“我打扰您了，请原谅我，我没有考虑到我的痛苦跟您并不相干，而且我在用一件您根本不可能，也不至于感兴趣的事来纠缠您。”

“您误会我的意思啦，我完全悉听尊便；只不过我力有不逮，减轻不了您的悲伤，还请见谅。如果我的社交圈子和我的朋友们的社交圈子，能够使您消愁解闷，总之，不管在哪些方面，如果您用得着我的话，我希望您明白，我非常乐意鼎力相助。”

“不好意思，不好意思，”他对我说，“痛苦使人情不自禁。让我待上几分钟，好有时间擦去眼泪，免得路上行人看到这个大小伙子在哭鼻子抹眼泪的，觉得奇怪。您刚才把这本书送给我，让我满心喜悦，我永远无法报答欠您的情分。”

“那么您就给我一点友谊，”我对阿尔芒说，“把您悲伤的原因告诉我。将心里的痛苦讲出来，就能够聊以自慰。”

"您说得对，但是今天我需要痛哭一场。我今天对您说话，只会前言不搭后语。改天我会把事情都告诉您，您就会明白，我是不是有道理怀念这个可怜的姑娘。而现在，"他最后一次擦擦眼睛，同时照了照镜子，补充说，"希望您不要把我看作一个呆子，而且允许我再来拜访您。"

这个年轻人的目光善良和蔼，我真想拥抱他。

至于他，他又开始泪水盈眶。他看到我已经觉察，便把目光从我身上移开了。

"得啦，"我冲着他说，"要鼓起勇气。"

"再见。"他对我说。

他千方百计不让自己哭出来，宁可说他是逃出我家，而不是走出去的。

我撩起窗帘，看到他登上了在门口等候他的双轮轻便马车；但是他一坐上车，便热泪滔滔，用手帕掩住了脸。

五

很长一段时间过去了，我没听人提起过阿尔芒，可是相反，经常有人谈到玛格丽特。

我不知道您有没有注意过这样的事：一个看来跟您未曾谋面，或者至少无关紧要的人，一旦有人在您面前提到他的名字，跟他有关的种种传闻便会逐渐地聚拢而来，您也会听到您的朋友们向您谈起一件事，这是他们以前从来没有提及的。于是您会发现，这个人几乎同您擦肩而过，您发觉这个人在您的生活中出现过许多次，可是没有引起您的注意；在别人告诉您的事件里，您会感到同您自己的生活中的某些经历真是不谋而合，有千丝万缕的联系。我跟玛格丽特的情况，确切来说并非如此，因为我曾经见过她，遇到过她，我熟悉她的容貌和举止；不过，自从那次拍卖以后，她的名字时常在我的耳鼓里回响。我在上一章中提到这种情况，这个名字牵扯到一件十分悲惨的往事，因此，我的惊讶不断地增长，好奇心也越来越强烈了。

事情发展到这样：虽然以前我从来不跟朋友们谈起玛格丽特，但是如今我一遇到他们，就这样问：

“您认识一个名叫玛格丽特·戈蒂埃的女人吗？”

“是茶花女吗？”

“正是。”

“非常熟悉！”

“非常熟悉”这几个字，有时候还伴随着微笑，这种微笑无法令人猜测其含义。

“那么，这个姑娘怎么样？”我继续问。

“一个好姑娘。”

“如此而已？”

“我的天！是呀，比别的姑娘更有才智，也许心肠好一点。”

“您一点不知道她的特殊身世吗？”

“她使德·G男爵倾家荡产了。”

“就这一件事？”

“她做过某位老公爵的情妇。”

“她当真是他的情妇吗？”

“据说是的。无论如何，他给了她很多钱呢。”

千篇一律总是这么一点情况。

但是，我渴望知道一些关于玛格丽特和阿尔芒来往的事。

有一天，我遇到了一个人，他和那些名媛淑女过从甚密。我问他：

“您认识玛格丽特·戈蒂埃吗？”

回答又是“非常熟悉”。

“这个姑娘怎么样？”

“她是一个美丽而善良的姑娘。她的去世令我非常难过。”

“她不是有过一名叫阿尔芒·迪瓦尔的情人吗？”

“一个金黄头发的高个儿吗？”

“是的。”

“有这么一个人。”

“这个阿尔芒是怎样一个人呢？”

“一个小伙子，我相信他把自己屈指可数的一点儿钱同她一起挥霍光了，然后不得已离开了她。据说他都要发狂了。”

“那么玛格丽特呢？”

“她也对他一往情深，人人都这样说。不过就像那些妓女的爱情那样，不该苛求她们给得更多。”

“阿尔芒后来怎么样？”

“无可奉告。我们跟他是泛泛之交。他和玛格丽特一起生活了五六个月，不过是在乡下。她回到巴黎时，他就远走高飞了。”

“后来您没有再见过他吗？”

“一直没有。”

我呢，我也没有再见过阿尔芒。我甚至寻思，他来我家，是不是因为他刚知道玛格丽特去世，使得旧情和悲痛越发强烈。我忖度他也许已经把再来看我的诺言，随同死去的姑娘一起置到脑后了。

对别人来说，这种猜测很可能符合实情，但是，阿尔芒悲痛万分，声调真诚，于是我从一个极端摆到另一个极端，我设想他哀痛成疾，我得不到他的消息，是因为他病倒了，或许已经一命呜呼。

我不由得关心起这个年轻人。兴许在这种关心中有自私的成分，说不定在他这种痛苦的外表下，我隐约看到一个催人泪下的爱情故事。最后，也许是因为我渴望知道这个故事，所以才对阿尔芒的杳无信息感到极度焦虑不安。

既然迪瓦尔先生没有再来找我，我便决意上他家去。要找到一个借口并不难；可惜我不知道他的地址，凡是被我打听过的人，都无法告诉我。

我来到昂坦街。或许玛格丽特的门房知道阿尔芒住在哪里。这是一个新换的门房。他像我一样说不上来。于是我打听戈蒂埃小姐葬在哪个公墓。是在蒙马特尔公墓。

四月已经来临，风和日丽，墓园不再像冬天那样一派凄惨悲凉的景象。总之，天气已经相当暖和，活着的人因此想起了已故的人，前去扫墓。我在去墓园的路上心想：只要察看一下玛格丽特的坟墓，我就可以看出阿尔芒是不是还在伤心，或许我会知道他眼下究竟怎样了。

我走进公墓看守人的小房间，我问他在二月二十二日那天，是不是有一个名叫玛格丽特·戈蒂埃的女人葬在蒙马特尔公墓里。

这个人翻阅一本厚册子，凡是进入这个最后归宿地的人，都按号码顺序登记在册。他回答我，二月二十二日中午，确实有一个叫这个名字的女人在这里落葬。

我请他叫人把我带到她的坟上去，因为在这个死人的城市里，就像在活人的城市里一样，有大街小巷，如果没有向导，便很难辨别方向。看守叫来一个园丁，给他一些必要的吩咐，而园丁打断他说："我知道，我知道……"他朝我转过身来继续说，"噢！这个坟非常好认。"

"为什么？"我问他。

"因为坟上的鲜花和别的坟上的完全不同。"

"是您照看这个坟吗？"

"是的，先生。是一位年轻人托我照看的，但愿所有死者的亲属都像他一样，将死去的人挂在心上。"

拐了几个弯以后，园丁站住了，对我说：

"我们到了。"

果然，我眼前出现一方块花丛，要不是一块白色大理石镌刻着一个名字，表明这是一个坟墓的话，决没有人会把这个地方看作一个坟的。

这块大理石直放在那里，一圈铁栅栏把这块买下的坟地围住了，坟地盖满了白色的茶花。

"您觉得怎么样？"园丁问我。

"美极了。"

"只要有一朵茶花枯萎了，我就按吩咐给换上刚开花的。"

"是谁这样吩咐您的呢？"

"一位年轻人，他第一次来的时候痛哭流涕，一准是过世女人的老相好，因为看来那是个没臊没羞的女人。听人说，她长得很标致。先生认识她吗？"

"认识。"

"跟那位先生一样吧。"园丁带着狡黠的笑容对我说。

"不，我从来没有跟她说过话。"

"而您到这里来看她，您心地真好！因为到墓园里来看这个可怜的姑娘的人实在不多。”

“这么说，没有人来这里吗？”

“除了那位年轻先生来过一次以外，没有人来过。”

“他只来过一次？”

“是的，先生。”

“后来他再没有来过吗？”

“没有，但是他从外地回来以后会再来的。”

“这么说，他出远门了？”

“是的。”

“您知道他到哪儿去吗？”

“我想，他是到戈蒂埃小姐的姐姐那里去了。”

“他到那里去干什么？”

“他去请求她允许把尸体挪个地方，葬到别处去。”

“为什么他不让戈蒂埃小姐葬在这里呢？”

“您知道，先生，对于死人，各人有自己的想法。我们这些人，天天都看到这种情况。这块坟地只买下五年，而这个年轻人希望买下一块永久出让的坟地，而且面积更大一些；最好是在新区。”

“您说新区，是指什么？”

“就是眼下正在出售的新坟地，在左边。如果公墓以前一直像眼下这样管理，那么可能在世界上是无与伦比的；但是要做到尽善尽美，那还差一大截呢。再说人又是那么可笑。”

“您这是什么意思？”

“我的意思是，有些人到了这种地方还要显神气呢。就说这位戈蒂埃小姐吧，看来她生前的生活有点儿放荡，请原谅我用这个说法。可眼下，这个可怜的小姐，她过世了。本来没有什么好让人奚落了，何况人们天天用钱养着的女人，也同样有的是。但是，葬在她旁边那些死人的亲属，一旦知道了她的身份，他们便说，他们反对把她葬在这儿，认为应辟出专门的坟地，留给这种娘儿们，就像留给穷人那样。这种话真亏他们想得出。谁见过有这种事？我呀，我把他们驳得哑口无言。有些靠食利为生的阔佬，来凭吊他们过世的亲属，一年不到四次，他们亲自带花来，看看都是些什么花吧！他们考虑维修坟墓，说是要哀悼死去的亲人。他们在亲人的墓碑上写得悲痛万分，却从来不流眼泪，还要来找旁边死人的麻烦。信不信由您，先生，我不认识这位小姐，我不知道她做过什么事；可是我喜欢她，这个可怜的女孩子，我关心她，我给她送来价格最公道的茶花。这个死去的姑娘得到我的偏爱。我们这些人，先生，我们只得喜欢死人，因为我们忙得团团转，几乎没有时间去爱别的东西。”

我端详这个人，用不着我解释，有些读者会明白，在我听他讲话的时候，我心潮起伏。

不消说，他发觉了，因为他继续说：

“据说有些人为了这个姑娘倾家荡产，她有一些情人，拜倒在她的石榴裙下；因此，当我想到居然连买一朵花给她的人也没有的时候，便感到事情很蹊跷，也感到很悲哀。不过，她也用不着抱怨，因为她会有自己的坟墓。即使只有一个人怀念她，他也替别人做了事。可是我们这里还有一些和她身份相同、年龄相仿的可怜姑娘，她们被扔进了公共墓地。当我听到她们可怜的尸体落在墓坑里的时候，我觉得撕心裂肺似的。一旦她们命归黄泉，便没有人照料她们了！尤其是只要我们还有一点良心，我们干的这一行便不会总是愉快的。有什么办法呢？我是控制不了自己。我有一个二十岁的女儿，高大漂亮。每当有人送来一个和她年纪一样的女尸时，我便想到她。不管这是一个贵妇人，还是一个流浪女，我都禁不住会感慨。

“我这样唠唠叨叨，说不定您听厌烦了，而且您也不是来听这些话的。人家吩咐我带您到戈蒂埃小姐的坟墓，您已经到了，我还能为您做些什么事吗？”

“您知道阿尔芒·迪瓦尔先生的住址吗？”我问这个园丁。

“知道，他住在……街，您看见的所有这些花，我都是到他那里去收款的。”

“谢谢，我的朋友。”

我朝这个盖满鲜花的坟墓瞧了最后一眼，立刻联想起最好能探测一下这个坟墓的底部，看看泥土把这个扔进坑里的漂亮女人变成了什么样子。我闷闷不乐地离开。

“先生想拜访迪瓦尔先生吗？”在我身边行走的园丁又问。

“是的。”

“我拿准了他还没回来，不然的话，我已经在这里见到他了。”

“这么说，您深信他没有忘记玛格丽特吗？”

“我不但深信这样，而且我可以担保，他想迁葬只不过是为了想再见到她。”

“这话怎么讲？”

“他到墓地来对我讲的第一句话是：‘怎样才能再见到她呢？’这样的事只有迁葬才能办到。我把迁葬要履行的所有手续都告诉了他。因为您知道，要迁葬，必须验明尸身，只有家属才能允许这样搬动，而且要由警察分局局长来主持。正是为了取得家属同意，迪瓦尔先生才去见戈蒂埃小姐的姐姐。不用说，他会首先来找我们的。”

我们走到了墓园门口，我再次感谢园丁，在他手里塞了一点零钱。于是我连忙向他给我的那个住址赶去。

阿尔芒还没有返回。我在他家里留了字条，请他一回家就来看我，或者派人通知我，我在什么地方可以找到他。

第二天上午，我收到迪瓦尔先生的一封信，他通知我，他已经返回，请我到他府上去，还说他由于累得精疲力竭，无法出门。

六

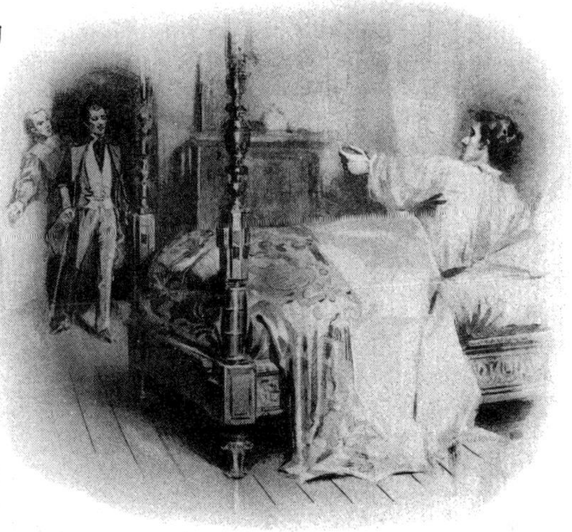

我见到阿尔芒的时候，他正躺在床上。见到我来，他向我伸出发烫的手。

“您在发烧。”我对他说。

“没有关系，由于来去匆匆，过度疲劳，如此而已。”

“您去过玛格丽特的姐姐家里吗？”

“是的，谁告诉您的？”

“我知道就是了，您想办的事谈成功了吗？”

“谈成功了，可是，我出门和此行的目的，是谁告诉您的？”

“墓地的园丁。”

“您见到那座坟了吗？”

我几乎不敢回答，因为他说这句话的声调表明他始终心潮难平，就像我上次见到的那样。每当他的思路或者别人的谈话，又把他带到这个使他伤心的话题时，这种激动就会再次流露出他的心情。

于是，我仅仅用点头来回答。

“好生照料坟墓了吗？”阿尔芒继续问。

两大颗泪珠顺着病人的腮边淌下来，他转过脸去，想掩盖眼泪。我假装没有看见，竭力改变话题。

“您出门已经有三个星期了。”我对他说。

阿尔芒用手抹了抹眼睛，回答我说：

“刚好三个星期。”

“您这次路途很长啊。”

“噢！我并没有一直赶路，我病了半个月，否则我早就回来了。我一到达那里就发起烧来，不得不困在房间里。”

“您还没有痊愈，就动身回来了。”

“如果我再在那个地方多待上一个星期，我就会在那里送命。”

“但是，既然您现在回来了，您就应该养好身体；您的朋友们会来看望您。我呢，如果您同意的话，我便是第一个来看您的朋友。”

“我过两小时就起来。”

“您太鲁莽了！”

“我非得起来不可。”

“您有什么火烧眉毛的事要办吗？”

“我必须到警察分局局长那里去一次。”

“为什么您不委托别人去办这件事呢？这一去会更加重您的病。”

“只有办了这件事，才能治好我的病。我一定要见她一面。自从我知道她去世以后，尤其我看过她的坟墓以后，我夜不成寐。我无法想象，这个女人在我们分手时这么年轻，这么漂亮，她竟已离开人世。我非要亲眼目睹才能相信。我一定要看看天主把我的心上人变成什么模样，兴许厌恶看到的景象会代替悲痛欲绝的心情；您会陪我一起去，是吗？如果这件事不使您太讨厌的话。”

“她的姐姐怎么对您说的？”

“什么也没有说。她听到有一个外人想买下一块坟地，让人给玛格丽特造一座坟墓，显得非常惊讶。她马上同意我的要求，在委托书上签了字。”

“听我的话，等您病痊愈了再去办这件迁葬的事。”

“噢！我会挺得住的，您放心吧。况且，如果我不趁现在主意已定，尽快办成这件事，那么我会发疯的；了结这个心愿，变成了平息我的悲痛的一种需要。我向您担保，我只有见到了玛格丽特，才能平静下来。这兴许是我发高烧时的渴望，失眠时的梦想，谵妄产生的结果。哪怕我要像德·朗塞[①]先生那样，成为一个苦修会会士，看过她以后再说吧。”

“我明白这个，”我对阿尔芒说，“我愿为您效劳；您见到朱丽·迪普拉了吗？”

“是的。噢！就在我上次回来的那一天见到她的。”

“她把玛格丽特留在她那里，专门为您写的日记交给您了吗？”

“在这里。”

阿尔芒从枕头底下掏出一卷纸，但立刻又放了回去。

---

① 朗塞（1625或1626—1700），年轻时生活放荡，在他的情妇德·蒙巴宗公爵夫人死后，成为神父，他主持的修道院实行严格的教规。

“这些日记记叙的内容，我已经熟记在心，”他对我说，“三个星期以来，每天我看上十遍。您也能看到的，不过请稍后一点，等我平静一些，能够让您明白这份表白所透露的内心情感和爱情渴望时再说。”

“眼下我要请您办一件事。”

“什么事？”我问。

“您有一辆马车停在楼下吧？”

“是的。”

“那么，您肯拿上我的护照，到邮局留局自取的窗口问一下，有没有寄给我的信件吗？我的父亲和妹妹给我的信大概都寄到巴黎了，我离开时那么仓促，动身之前来不及去打听一下。等您回来以后，我们再一起去把明天迁葬的事通知警察分局局长。”

阿尔芒把他的护照交给我，于是我前往让-雅克-卢梭街。

有两封给迪瓦尔先生的信，我领取后回来了。

等我重新露面时，阿尔芒已经穿好衣服，准备好出门了。

“谢谢。”他接过信时对我说。“是的，”他看过寄信人的地址以后又说，“是的，是我的父亲和妹妹的信。他们想必一点儿不明白我杳无音信。”

他拆开信，不如说是推测信的内容，而不是在看信，因为每一封信都有四页，而他一眨眼工夫又把两封信折好。

“我们走吧，”他对我说，“明天我会回信的。”

我们去见警察分局局长，阿尔芒把玛格丽特的姐姐的委托书交给了他。

作为交换，警察分局局长递给他一张通知墓园看守的公文；大家约定第二天上午十点钟迁葬，我提前一小时去接阿尔芒，然后我们一起上墓园去。

我呢，我也很乐意去观看这个场面。说实话，夜里我没有睡好。

我的脑海里思绪纷至沓来，照我的情况判断，对阿尔芒来说，想必这是一个漫漫长夜。

第二天上午九点钟，我来到他家里的时候，他的脸色可怕地苍白，但是他显得很安详。他向我微笑，朝我伸出了手。

几支蜡烛都已燃尽，在出门之前，阿尔芒拿起一封非常厚的信，是写给他父亲的，无疑在信里倾诉了他一夜的感受。

半个小时之后，我们来到蒙马特尔公墓。警察分局局长已经在等候我们。

大家慢慢地朝玛格丽特的坟墓那边走去。警察分局局长走在头里，阿尔芒和我隔开几步紧随在后。

我不时地感到我同伴的手臂在哆嗦，仿佛战栗掠过他全身似的。于是我看了他一眼，他明白我的目光，对我微笑一下。自从离开他家以后，我们还没有交谈过一句话。

大颗汗珠布满了阿尔芒的脸，快到坟墓之前，他站住脚擦汗。

我利用他的停顿喘了口气，因为我自己的心也好似被老虎钳夹住了一样。

去观看这种场面，真是苦中取乐！当我们来到坟前的时候，园丁已经把所有的花盆都搬开了，铁栅栏也起了下来，有两个人在用鸭嘴镐挖地。

阿尔芒靠在一棵树上望着。他的全部生命仿佛都集中在他的眼睛里似的。

突然，一把鸭嘴镐触到了一块石头。

听到这个声音，阿尔芒像遭到电击一样往后一缩，而且使劲握紧我的手，把我的手也握痛了。

一个掘墓工抓起一把大铁铲，逐渐地铲空墓穴，随后，待墓穴里只剩下压在棺柩上的石块时，他一块块地往外扔。

我在观察阿尔芒，因为我每分钟都在担心，他明显地克制着的感情会把他压垮，但是他一直在望着，两眼睁大、呆滞，像发疯似的，唯有脸颊和嘴唇的轻微抖动，才证明他处在神经质的剧烈发作之中。

至于我呢，我只能说一句话，就是我悔不该到这里来。

待棺柩完全暴露出来以后，警察分局局长对那些掘墓工说：

“打开吧。”

这些工人服从命令，仿佛这是世上最普通不过的事情似的。

棺柩是橡木制的，他们开始旋下棺盖上的螺丝钉。地下的潮气使螺丝钉都生了锈，好不容易才把棺材打开。一股恶臭冲了出来，尽管棺材四周都种满了芬芳的花卉。

“噢，我的天！我的天！”阿尔芒喃喃地说，他的脸变得更加煞白。

连掘墓工也向后倒退。

一块很大的白色尸布盖住尸体，勾勒出起伏不平的线条。尸布的一端几乎烂掉了，露出死者的一只脚。

我差不多要晕过去，就在我写这几行字的时候，回忆起这个场面，我依然觉得气氛庄重肃穆。

“我们快一点吧。”警察分局局长说。

于是两个工人中的一个伸出手去，开始拆尸布。他抓住尸布的一端，突然把玛格丽特的脸展露出来。

这个场景真是不堪入目，叙述起来也实在骇人。

一双眼睛只剩下两个窟窿，嘴唇烂掉了，皓齿咬得紧紧的。干枯的黑色长发贴在双鬓上，遮住一点深凹下去的青色面颊。然而，在这张脸上我还是认得出早先我常见的白里透红、兴高采烈的面庞。

阿尔芒目不转睛地盯着这张脸，将手帕送到嘴上咬着。

至于我，我觉得有一只铁环紧箍在头上，有一条面纱覆盖住我的眼睛，嗡嗡声充满我的耳鼓，我不得已只好打开随身携带的、以防万一的嗅盐瓶，使劲嗅着。

我在头晕目眩中，听到警察分局局长对迪瓦尔先生说：

“您认准了吗？”

“认准了。”年轻人轻轻地回答。

“那么，把棺材盖上搬走。”警察分局局长说。

掘墓工把尸布扔回死者脸上，合上棺盖，一人一头把棺材抬起，朝给他们指出的地方走去。

阿尔芒一动不动，他的眼睛盯住那个空墓穴。他就像我们刚才见到的死尸那样，脸色惨白……简直可以说他化为石头了。

我明白经历过这个场面，悲痛有所压制，他再也支撑不住时，随之而来就会发生这种情况。

我走近警察分局局长。

“这位先生，”我指着阿尔芒对他说，“是不是还有必要在场？”

“不必了，”他对我说，“甚至我劝您把他带走，因为他好像生病了。”

“来吧。”于是我挽起阿尔芒的手臂，对他说。

“什么？”他望着我说，仿佛他不认识我似的。

“结束了，”我又说，“您该走了，我的朋友，您脸色惨白，身上发冷，这样激动您会送命的。”

“您说得对，我们走吧。”他机械地回答，但是不迈出一步。

于是我抓住他的手臂，把他拉走。他像孩子一样跟着走，只不过时不时地咕哝着：

“您看到了那双眼睛吗？”

他又转过身去，仿佛这个幻觉在召唤他。

不过他步履踉跄，好像他是在震颤推动之下往前走一样，他的牙齿格格作响，双手冰凉，全身在神经质地剧烈抖动。

我跟他说话，他一声不吭。他所能做的，就是跟着人走。

我们在墓地门口找到一辆车。恰是时候。

他刚在马车里坐下，便颤抖得更厉害，这是一次真正的歇斯底里发作，他生怕吓着我，便握紧我的手，对我低声地说：

“没什么，没什么，我直想哭。”

我听到他的胸脯的起伏声，血液涌上他的眼睛，但是欲哭无泪。

我让他闻我刚才用过的嗅盐瓶。我们回到他家里的时候，他流露出来的仍然只有颤抖。

在仆人的帮助下，我让他睡下。我叫仆人在他的房间里生起熊熊的炉火，我又赶去找我的医生，将刚才发生的情况告诉他。

医生赶来了。

阿尔芒脸颊绯红，在说谵语，结结巴巴地吐出一些不连贯的话，这些话中只有玛格丽特的名字才能让人听清。

医生检查过病人以后，我问他：“怎么样？”

“哦，他得的正是脑炎。但非常幸运，因为天主饶恕我，我还以为他发疯了呢。幸亏他身体的病压倒了精神上的病。一个月以后，兴许他两种病都会治好。”

七

有些疾病倒也不令人讨厌，要么一下子置人于死地，要么迅速就被战胜，阿尔芒患的正是这一种病。

上述这些事过去半个月之后，阿尔芒已经完全康复，我们结成了挚友。在他生病的全部时间里，我几乎没有离开过他的房间。

春天带来了鲜花满园，绿叶扶疏，百鸟群集，欢歌笑语。我的朋友的窗户朝花园生气勃勃地敞开，花园里的清新气息一直吹送到他那里。

医生已经允许他起床。从中午到下午两点钟，是太阳最暖和的时候，我们经常坐在敞开的窗子旁聊天。

我非常留心不要提到玛格丽特，总是担心病人虽然表面平静，但这个名字会勾起他刚平息的伤心事；但是相反，阿尔芒似乎乐意谈起她，也不像过去那样泪水盈眶，而是带着柔和的笑容，这种笑容使我对他的心灵状况感到放心。

我早已注意到，自从上次到公墓去，那个场面使他大病一场以后，他精神上的悲痛似乎已经被疾病填没了，对于玛格丽特之死，他的想法不再同于往日。确信无疑之后，他心里获得一种宽慰。为了驱走经常在他眼前出现的凄惨形象，他沉溺在幸福的回忆中，追思他跟玛格丽特的交往，好像只愿意接受这种回忆似的。

大病初愈，高烧刚退，阿尔芒身体过于虚弱，不能让他的精神强烈激动。阿尔芒周围是一派春天大自然的欢乐景象，使他不由自主地追忆喜气洋洋的画面。

他一直执拗地不肯把自己经历的危险告诉家里，直到他死里逃生，他父亲还不知道他生过病。

一天傍晚，我们坐在窗前，比平时待得晚些，天清气朗，太阳西沉，薄暮中闪耀着蔚蓝和金黄的光辉。尽管我们身处巴黎，但是四周的绿丛似乎把我们与世界隔离，只有微弱的车马声时不时地扰乱我们的谈话。

“差不多就像这样一个季节，这样一个傍晚，我认识了玛格丽特。”阿尔芒对我说，他在注意自己的思路，并没有听我对他讲话。

我一声不吭。

这时，他朝我转过身来说：

“我一定要把这个故事讲给您听；您可以把它写成一本书，别人未必信以为真，但是写起来也许兴味盎然。”

“以后您再讲给我听吧，我的朋友，”我对他说，“您还没有完全复原呢。”

“今天晚上很暖和，我也吃过鸡脯了，”他微笑着对我说，“我不发烧了，我们也无事可干，我把整个故事讲给您听吧。”

“既然您非讲不可，我就洗耳恭听。”

“这是一个简简单单的故事，”于是他补充说，“我按事情发生的先后次序讲给您听。如果以后您要写成一部作品，您想按别的方式来写悉听尊便。”

下面就是他给我讲的故事，这个故事感人至深，我只改动了少许字句。

是的，阿尔芒又说，把头靠在圈椅的椅背上，是的，就是在这样一个傍晚！我跟我的一个朋友加斯东·R在乡下玩了一天。黄昏时分，我们回到巴黎，无所事事，便去了杂耍剧院。

在一次幕间休息时，我们走了出来，在走廊里看到一个高挑身材的女人走过，我的朋友向她打了招呼。

“您打招呼的是谁？”我问他。

“玛格丽特·戈蒂埃。”他对我说。

“我觉得她大为变样了，因为我认不出她来。”我激动地说，待会儿您就明白我为什么激动了。

“她得了病，可怜的姑娘活不长了。”

这些话我记忆犹新，仿佛我昨天听到的一样。

我的朋友，您要知道，两年以来，每当我遇到这个姑娘，一照面总要产生一种异样的感觉。

我不知不觉地变得脸色苍白，我的心在怦怦乱跳。我有一个朋友，他很关心秘术，他把我的感觉称为“流体的亲和性”。我呢，我则干脆认为我注定要爱上玛格丽特，而且我已经预感到了。

尽管她引起我真切的感受，我的好几个朋友也目睹，但是他们了解到我这种感受从何而来的时候，便哈哈大笑。

我第一次与她邂逅，是在交易所广场絮斯商店[①]的门口。一辆敞篷四轮马车停在那里，一个身穿白色衣服的女人从车上下来。她走进商店时引起一阵赞叹的低语声。至于我呢，从她走进去直到出来为止，我呆立在原地。透过橱窗，我望着她在商店里选购东西。本来我可以进去，但是我不敢。我不知道这个女人是何许人，我生怕她猜度出我走进商店的原因而生气。然而我没有料到后来自己那么迫切地要再见到她。

她穿着高雅，身上是一件镶满边饰的细布连衣裙，披着一条四角绣上金丝和绸花的印度纱丽，戴一顶意大利草帽，还戴一条独特的手链，那是当时开始流行的一种粗金链。

她重新登上敞篷四轮马车，离开了。

商店的一个伙计站在门口，目送这位漂亮的女顾客的马车远去。我走近他，请他把这个女子的名字告诉我。

“她是玛格丽特·戈蒂埃小姐。”他回答我。

我没敢问她的地址就离开了。

我以前有过很多幻觉，过后也就淡忘了，但是这一次是真实的，所以一直念念不忘。我到处寻找这位穿白衣的绝代佳人。

几天以后，滑稽歌剧院举行一次盛大的演出。我去观看了。我在舞台两侧的一个包厢里看到的第一个人，就是玛格丽特·戈蒂埃。

---

① 絮斯商店，妇女时装商店，在浪漫派时期，是上流女士的聚会地点。

跟我一同前往的年轻人也认出了她，因为他指名道姓地对我说：

“您看这个漂亮的姑娘！”

这当儿，玛格丽特拿望远镜朝我们这边看，她瞥见了我的朋友，对他嫣然一笑，示意叫他过去看她。

“我去跟她道个晚安，”他对我说，“一会儿我就回来。”

我情不自禁地对他说：“您真幸运！”

“幸运什么？”

“因为您能去看这个姑娘。”

“难道您爱上了她？”

“不，”我涨红了脸说，因为我当真茫无所措了，“但是我很想认识她。”

“跟我来吧，我替您介绍。”

“先要征得她的同意嘛。”

“啊！当然，跟她用不着拘礼，来吧。”

他这句话使我不好受。我担心会证实：玛格丽特不配获得我对她的迷恋。

阿尔封斯·卡尔[①]在一本名为*Am Rauchen*[②]的小说中写道，一天晚上，有个男人尾随一个非常漂亮的女人。她美若天仙，他一见倾心。为了吻一吻这个女人的手，他感到自己充满了无所不能的力量，征服一切的意志和赴汤蹈火的勇气。她为了免得让长裙

---

① 阿尔封斯·卡尔（1808—1890），教授，后来转向新闻事业，成为《费加罗报》（1839）的主编。《椴树下》（1832）为自传体小说。他在月刊《胡蜂》（1839）上抨击路易·拿破仑，因此在波拿巴发动政变后蛰居在蓝色海岸，从事园艺和写作，他的几部剧本未获成功。

② 德文：《抽烟》。

沾上泥土而弄脏，撩高裙子，露出迷人的小腿，他却几乎不敢望一眼。正当他梦想怎样做才能占有这个女人的时候，不料她却在街角拦住了他，问他是不是愿意上楼到她家里去。

对此他回头就走，穿过街道，垂头丧气地回到家里。

我想起了这段描绘。我本来宁愿为了这个女人而吃苦受累，我担心她过于迅速地接受我的求爱，过于匆忙地爱上我。我宁可经过长期等待，做出巨大的牺牲，才获得她的爱情。我们这些男人，就是这样处世的。要是想象能给我们的感官以诗意，肉欲能向心灵的幻想让步，那就是莫大的幸事了。

总之，如果有人对我说："今晚您可以得到这个女人，但是明天您要死于非命"，我会接受的。如果有人对我说："花上十个路易[①]，你就可以做她的情夫"，那我会拒绝和哭泣，就像一个孩子在醒来时发现夜里梦见的宫堡竟是子虚乌有一样。

然而，我的确想认识她，这是能知道怎样同她打交道的途径，甚至是唯一的途径。

于是，我对我的朋友说，我坚持让他先征得她的同意，把我介绍给她。我在走廊里踯躅，设想她马上就要看到我，我不知道在她的注视下怎样掩饰自己的窘态。

我竭力把我要对她说的话事先组织好。

爱情是多么崇高而又天真无邪啊！

一会儿工夫，我的朋友下楼来了。

"她等着我们。"他对我说。

"她是独自一人吗？"我问。

---

① 路易，法国旧金币，合二十法郎。

“还有另外一个女人。”

“没有男人吗？”

“没有。”

“我们去吧。”

我的朋友朝剧院门口走去。

“喂，不从那儿走。”我冲着他说。

“我们去买些糖果。她刚才向我提出的。”

我们走进通往歌剧院那条路上的一家糖果店。

我真想把整个店里的糖果都买下来，我甚至在观察一只口袋能装进多少东西，这时我的朋友开口买东西了：

“要一斤糖渍葡萄。”

“您知道她爱吃这种东西吗？”

“她从来不吃别的糖果，这是人所共知的。”

“啊！”当我们走出铺子时，他继续说，“您知道我要把您介绍给什么样的女人吗？不要设想把您介绍给一位公爵夫人，她不过是一个受人供养的女人，完完全全受人供养，亲爱的。因此您不必尴尬，怎么想就怎么说好了。”

“好的，好的。”我结结巴巴地说，于是我尾随着他，心想，我的激情要烟消云散了。

当我走进包厢的时候，玛格丽特正在哈哈大笑。

我本来希望看到她愁眉不展。

我的朋友把我介绍给她。玛格丽特向我略微点了点头，说道：

“我的蜜饯呢？”

“在这里。”

她一边拿蜜饯，一边望着我。我垂下眼睛涨红了脸。

她俯身在旁边那位女人的耳畔悄悄地说了几句话，她们两个朗声大笑。

不消说，我成了她们取笑的对象。我的困窘越发厉害了。那时节，我有一个情妇，她是个小家碧玉，非常温柔多情，她的多情善感和忧伤的书信使我很得意。而经历了我这时的感受，我明白了我一定伤害了她。足有五分钟之久，我爱她就像从来没有爱过女人一样。

玛格丽特吃着糖渍葡萄，没有理会我。

我的引荐人不愿意让我处在这种可笑的境地里。

"玛格丽特，"他说，"如果迪瓦尔先生讷口不言，您也不必惊讶。您把他弄得茫然不知所措，以致他说不出话来。"

"我倒认为这位先生陪您到这里来，是因为您一个人来感到无聊。"

"真是这样的话，"我开口说，"我就不会先请欧内斯特来，要求您同意我拜见您了。"

"也许这只是一种办法，推迟决定命运的时刻到来。"

只要跟玛格丽特那样的姑娘稍微交往过，就会知道她们喜欢毫无道理地开玩笑，爱戏弄初次见面的人。她们不得不忍受每天跟她们见面那些人的侮辱，这无疑是对那些侮辱的一种报复。

因此，要对付她们，必须熟悉她们圈子的某种习惯，而这种习惯我是缺乏的。况且，我对玛格丽特原有的看法，使我夸大了她的玩笑的含义。这个女子的任何举动，我都不会无动于衷。因此我站起身来，带着难以掩饰的复调声音对她说：

"如果您这样看待我的话，夫人，那么我只能请您原谅我的冒昧，并且向您告辞，同时向您保证今后不会再出现这样的鲁莽了。”

说完，我行了一个礼就出来了。

我一关上门，就听到第三次哈哈大笑。这时我宁愿有人用手肘撞我一下。

我回到自己的单人座位上。

观众正在为启幕而鼓掌。

欧内斯特回到我的旁边。

“您怎么搞的！”他坐下来时对我说，“她们以为您够傻的。”

“我离开以后，玛格丽特说什么来着？”

“她好一阵笑，并向我担保，她从来没有见过像您这样逗的人。但是您不必认为败下阵来。对这些姑娘，不必给面子去认真看待她们。她们不懂得什么是高雅，什么是礼貌，正如给狗洒香水一样，它们觉得这种气味难闻，要跑到水沟里去打滚。”

“总而言之，这跟我有什么关系？”我竭力用轻快的口吻说，“我再也不要见到这个女人了。如果说在我认识她以前她讨我喜欢，如今我认识了她，情况就完全改变了。”

“啊！我希望有朝一日能看到您坐在她的包厢后面，看到您为她倾家荡产呢。再说，您也许说得对，她没有什么教养，但她是一个值得据为己有的漂亮情妇。”

幸亏启幕了，我的朋友住了口。我无法告诉您上演了什么。我所能回想起来的，就是我不时地抬眼去看那个包厢，刚才我匆匆地离开了，而那里新的来访者却络绎不绝。

但是，我远远忘不了玛格丽特。另一种思路占据了我的脑海。我觉得我需要忘掉她的侮辱和我的可笑。我思忖，哪怕我要倾家荡产，我也要得到这个姑娘，刚才我急匆匆放弃的位置，我理所当然地要占有它。

戏还没有演完，玛格丽特和她的女友就离开了包厢。

我不由自主地也离开了我的座位。

“您要离开吗？”欧内斯特问我。

“是的。”

“为什么？”

这当儿，他发觉那个包厢人走空了。

“走吧，走吧，”他说，“祝您好运，祝您万事如意。”

我走了出去。

我听到楼梯上传来衣裙的窸窣声和谈话的喁喁声。我闪在一旁，不让人看见，只见两个女人和相陪的两个青年走过。

在剧院的列柱下，一个小厮向她们走来。

“去告诉车夫，在英国咖啡馆门口等候，”玛格丽特说，“我们一直步行到那里。”

几分钟以后，我在林荫大道上徘徊，看到餐馆的一个大房间的窗口旁，玛格丽特正倚着窗台栏杆，一瓣又一瓣地摘下她那束茶花的花瓣。

两个青年中有一个俯身在她肩上，悄声对她说话。

我走进金屋餐馆，在二楼的大厅坐下，始终盯住那个窗户。

凌晨一点钟，玛格丽特同三个朋友一起，又登上了她的马车。

我搭上一辆双轮轻便马车，尾随在后。

她的马车停在昂坦街九号。玛格丽特从车上下来，独自走进她的家。

无疑这种情况是偶然的，但是这偶然使我感到非常荣幸。

从这天起，我经常在剧院里，在香榭丽舍大街遇见玛格丽特。

她总是一样的快乐，我也总是一样的激动。

可是，随后半个月过去了，我在哪里都见不到她。我同加斯东见面时，我向他打听她的消息。

“可怜的姑娘病得很重。”他回答我说。

“她得了什么病？”

“她一向生肺病，由于她过的生活是不打算治好这种病的，所以她卧床不起，奄奄一息。”

人心真是古怪，她得了这种病，我反而几乎高兴。

我每天都去了解她的病情，不过既不留下姓名，也不留下名片。后来，我获悉她康复了，去了巴涅尔。

日月荏苒，既然说不上思念，那次印象好像逐渐地在我的脑际淡忘了。我出了远门，交际、工作和习以为常的事销蚀了我对她的迷恋。当我回忆起第一次邂逅时，我只看作一种初恋，就像年纪轻轻时常常会有的那样，过后不久，便会一笑置之。

再者，克服这种思念也不值得大书特书，因为自从玛格丽特走后，我便再也见不到她。正如我刚才向您听说的那样，当她在杂耍剧场的走廊里从我身边走过时，我都没有把她认出来。

她戴上面纱，这倒是真的。不过，即使在两年以前，她戴着面纱也罢，我还是用不着看见她便能认出她来，我准会猜出是她。

当我知道这是她时，我的心还是禁不住扑腾乱跳。两年时间没有见到她，这种天各一方所带来的结果，似乎一接触到她的长裙，便烟消云散了。

八

然而，阿尔芒少顷又继续说，我明白我仍然热恋着，同时又感到自己比以前更坚定。一方面我渴望再见到玛格丽特，另一方面又想让她看出我变得比她更为高明。

为了实现心中的愿望，要采取多少办法，想出多少理由啊！

为此，我不能久久地待在走廊里，于是我又回到正厅前座，飞快地扫视一眼大厅，想看看她坐在哪个包厢里。

她独自一人坐在底层的舞台侧面包厢里。正如我刚才跟您说过的那样，她变样了，我在她的嘴唇上再也看不到那种淡漠的微笑。她受过病痛的煎熬，如今还在忍受着。

尽管眼下已经是四月，但她穿得还像冬天那样，一身都是丝绒服装。

我执着地盯住她，以至把她的目光吸引过来了。

她有一会儿端详着我，拿起她的观剧望远镜，想把我看得更清楚些。她一定觉得我面熟，可是又不能确切地说出我是谁。因为她放下观剧望远镜的时候，嘴角上浮现出一丝微笑，这是女人用来致意的妩媚方式，为的是回答我的致意，她看来正等待着我这样做。但是我毫无反应，仿佛要占她的上风，她记起了我，我倒显得忘记了她似的。

她以为认错了人，把脸转了过去。

大幕升起了。

在演戏的时候，我频频地观察玛格丽特，我发现她对演戏丝毫不感兴趣。

至于我呢，我对演出也是漠不关心，一门心思放在她身上，不过我千方百计不让她发觉。

我看到她在同对面包厢里的人交换眼色。我朝那个包厢望去，于是认出坐在里面的女人是我相当熟悉的。

这个女人从前也受人供养，曾经试图进入戏剧界，但是没有成功。她依靠同巴黎的风雅女人的关系，投入商界，开了一家妇女时装商店。

我从她身上看出一个可以跟玛格丽特会面的办法，趁她朝我这边望过来的时候，我用手势和眼色向她问好。

果然不出所料，她招呼我到她的包厢里去。

那个妇女时装店老板娘有个好名字，叫作普吕玛丝·杜韦努瓦[①]。她是一个四十岁的胖女人，要从她们这样的女人那里打听消息，是用不着拐弯抹角的，何况我要向她了解的事又是那么普通。

我趁她又要跟玛格丽特打招呼的时候问她：

“您这样张望的是谁呀？”

“是玛格丽特·戈蒂埃。”

“您认识她吗？”

“认识。她是我店里的主顾，而且也是我的邻居。”

“这么说，您住在昂坦街吗？”

---

① “普吕玛丝”的法文是“Prudence”，意为：谨慎。

“在七号。她梳妆室的窗户正对着我的梳妆室的窗口。”

“据说她是一个迷人的姑娘。”

“您不认识她吗？”

“不认识，但是我非常想认识她。”

“您要我叫她到我们的包厢里来吗？”

“不，我宁愿您把我介绍给她。”

“在她家里吗？”

“好的。”

“这就难了。”

“为什么？”

“因为有一个嫉妒成性的老公爵在庇护着她。”

“庇护，真够意思。”

“是的，庇护，”普吕玛丝又说，“可怜的老头儿，做她的情夫也教他够为难的。”

于是普吕玛丝告诉我，玛格丽特怎样在巴涅尔认识了公爵。

“正因如此，”我接着说，“她才独自到这里来吗？”

“正是。”

“不过，是谁接她回家呢？”

“是公爵。”

“这么说，他要来接她了？”

“待会儿吧。”

“而您呢，是谁来接您？”

“没有人。”

“那我自我推荐来陪您。”

“不过，我想您是同一位朋友在一起吧。”

“那么我们俩一起自我推荐。”

“您的朋友怎么样？”

“他是个迷人的小伙子，非常风趣，他很乐意认识您。”

“好吧，一言为定，这一幕演完以后，我们四个人[①]一起走，因为我知道最后一幕。”

“很好，我去通知我的朋友。”

“去吧。”

“啊！”正当我要出去时，普吕玿丝对我说，“您看，公爵走进玛格丽特的包厢啦。”

我望过去。

果然，一个七旬老人刚刚坐在年轻女人的身后，递给她一袋蜜饯，她马上笑嘻嘻地从袋里掏出蜜饯，然后又把那袋蜜饯举到包厢前面，向普吕玿丝做了个手势，意思是说：

“您想要吗？”

“不。”普吕玿丝谢绝。

玛格丽特把那袋蜜饯又捧回来，回转身，开始和公爵交谈。

事无巨细都一一叙述出来，近乎幼稚，可是，同这个姑娘有关的一切，我都历历如在眼前，因此，我禁不住要回忆出来。

我下楼告诉加斯东，我刚才为我们俩所作的安排。

他接受了。

我们离开座位，要上楼到杜韦努瓦太太的包厢里去。

刚打开正厅前座的门，我们就不得不站住，让离开剧场的玛格丽特和公爵走过。

---

① 似应为三个人。

我宁愿少活十年，来取代这个老头儿。

到了大街上，公爵搀扶玛格丽特坐上一辆四轮敞篷马车，他亲自驾车，两匹骏马小跑着，拉走他们，霎时无影无踪。

我们走进普吕玓丝的包厢。

这一幕戏结束后，我们下楼坐上一辆普通的出租马车，车子把我们送到昂坦街七号。普吕玓丝在家门口邀请我们上楼，到她家里，让我们看看堆存的商品，使我们开开眼界，看来她对这些商品引以为豪。您想想看我多么巴不得地接受了。

我觉得自己正在逐步地接近玛格丽特。不一会儿，我又把话题转到玛格丽特身上。

“老公爵在您的女邻居家里吗？”我问普吕玓丝。

“不在，想必她是一个人。”

“但是她会百无聊赖的。”加斯东说。

“几乎每天晚上我们都在一起度过，或者她回家以后把我叫去。凌晨两点以前她从来不睡觉。再早她睡不着。”

“为什么？”

“因为她有肺病，她几乎总在发烧。”

“她没有情人吗？”我问。

“每次我去她家的时候，从来没有看见她家里有人，但是我不能担保我走了以后没有人去。晚上我时常在她家里遇到一位N伯爵，他以为在晚上十一点钟拜访她，只要她要首饰就送给她，这样便可以使自己的追求获得进展。但是她不愿意见到他。其实她错了，他是一个阔少爷。我多次白费唇舌地对她说：“亲爱的孩子，这个人正是您所需要的！”她平时很听我的话，但这时她却转过身去，回答我说，他太蠢了。就算他蠢吧，我同意。可是对她来

说，就会有一个身份，而那个老公爵随时都可能一命呜呼。这些老头子都是自私的；他家里人不断地指责他对玛格丽特的迷恋：这就是他不会给玛格丽特留下什么东西的两个原因。我开导她，她却回答，等公爵死了，总来得及跟伯爵好的。

“像她这样生活并不总是很开心的，”普吕玛丝继续说，“我呀，我很清楚，这种生活我受不了，我会迅速地把老头子打发走。这个老家伙平庸乏味。他把玛格丽特称作他的女儿，把她当作孩子一样关心她，始终在监视她。我有把握，眼下他的一个仆人正在街上徘徊，看看有谁从她家里出来，尤其是谁进去。”

“啊！可怜的玛格丽特！”加斯东说，一边坐在钢琴前面，弹了一首华尔兹舞曲，“我不知道这种事。但是最近我觉得她的神态不像以前那样快乐了。”

“嘘！”普吕玛丝说，一面侧耳细听。

加斯东停止了弹奏。

“我想，她在叫我。”

我们也在谛听。果然，有个声音在叫普吕玛丝。

“好了，先生们，你们走吧。”杜韦努瓦太太对我们说。

“啊！您是这样款待客人的吗？”加斯东笑着说，“我们想走的时候会走的。”

“为什么我们要走呢？”

“因为我要到玛格丽特家里去。”

“我们就等在这里好了。”

“这办不到。”

“那么，我们同您一起去。”

“更不行。”

“我呀，我认识玛格丽特，”加斯东说，“我完全可以去拜访她。”

“但是阿尔芒不认识她。”

“我替他作介绍。”

“这是不行的。”

我们又听到玛格丽特一直不停地招呼普吕玶丝的声音。

普吕玶丝走进她的梳妆室。我和加斯东尾随着她。她打开窗子。

我们俩躲了起来，不让外面的人看见。

“我叫您有十分钟了。”玛格丽特在窗口说，口气几乎有点蛮不讲理。

“您叫我有什么事？”

“我要您马上过来。”

“为什么？”

“因为N伯爵还赖着不走，他把我烦死了。”

“我现在走不开。”

“有谁妨碍您走开呢？”

“我家里有两位年轻人，他们不肯走。”

“告诉他们，您必须出门。”

“我对他们讲过了。”

“那么，让他们留在您家里吧。他们看到您离开以后，便会走开的。”

“那是在搞得乱七八糟以后！”

“他们想干什么呢？”

“他们想来看您。”

“他们叫什么名字？”

“您认识其中一位，他是加斯东·R先生。”

“啊！是的，我认识他。另一位呢？”

“阿尔芒·迪瓦尔先生。您不认识他吗？”

“不认识。不过您把他们带来吧，除了伯爵以外，谁我都乐意见面。我等着您，快来吧。”

玛格丽特关上窗子，普吕玿丝也把窗子关上。

玛格丽特刚才记起了我的面孔，却想不起我的名字。我宁愿她记起对我不好的印象，也不愿意她把我的名字给忘了。

“我早就知道，”加斯东说，“她会乐意见到我们的。”

“乐意谈不上，”普吕玿丝回答，一边搭披肩，戴上帽子，“她接待你们，是为了打发走伯爵。你们要尽力做得比伯爵讨人喜欢一些，否则，我了解玛格丽特，她会跟我翻脸的。”

我们跟着普吕玿丝一起下楼。

我有点紧张，我觉得这次拜访要对我的一生产生重大的影响。

比起那晚在滑稽歌剧院的包厢里把我介绍给她的时候，此刻我还要激动。

走到您认得的那套公寓的门口时，我的心怦然乱跳，脑子里已经没有了主意。

几下钢琴的和音传到我们的耳朵里。

普吕玿丝去拉门铃。

钢琴声沉寂了。

有个女人来给我们开门，她的模样更像一个雇来的女伴，而不是一个女佣。

我们先穿过大客厅，再来到小客厅，里面的陈设就像您后来看到的那样。

一个年轻人倚在壁炉上。

玛格丽特坐在钢琴前面，手指在琴键上驰骋，弹奏一首首曲子，每一首都没有弹完。

这个场面一派沉闷的气氛，男的是因为自己的平庸而局促不安，女的是因为这个丧门星的来访而叫苦不迭。

一听到普吕玛丝的声音，玛格丽特便站了起来，向杜韦努瓦太太投去一个表示感谢的眼色，同时向我们迎了上来，对我们说：

“请进，先生们，欢迎光临。”

九

“晚上好，亲爱的加斯东，”玛格丽特对我的同伴说，“我看到您很高兴。在杂耍剧院，您为什么不到我的包厢里来？”

“我担心过于冒昧。”

“朋友嘛，”玛格丽特强调这个词，仿佛她要在场的人明白，虽然她接待加斯东的方式很亲热，但他过去和现在始终只是一个朋友，“朋友永远不会冒昧。”

“那么，请允许我向您介绍阿尔芒·迪瓦尔先生！”

“我已经答应普吕当丝给我作介绍。”

“再说，夫人，”这时我躬身说，终于使我的声音变得几乎能听得清，“我已经有幸介绍给您了。”

玛格丽特的迷人眼睛似乎在往事中寻找，但是她一点回忆不起来，或者显得根本回忆不出。

“夫人，”于是我又说，“我很感谢您忘记了第一次介绍，因为当时我非常可笑，在您看来一定很讨人厌。那是两年前，在滑稽歌剧院，我同欧内斯特在一起。”

“啊！我想起来了！”玛格丽特微笑着说，“那时候笑的不是您，而是我爱戏弄人，现在我还有点这样，不过好一些了。您已经原谅我了吧，先生？”

她把手伸给我，我吻了一下。

“不错，”她又说，“请想象我有个坏习惯，就是想为难我第一次见到的人。这样做是很蠢的。我的医生说，这是因为我有点神经质，而且身上总是不舒服，请相信我医生的话。”

“可是您看来身体非常健康。”

“噢！我曾经大病一场。”

“这我知道。”

“是谁告诉您？”

“人人都知道。我时常来打听您的情况，我很高兴知道您痊愈了。”

“我从来没有收到过您的名片。”

“我一向不留名片。”

“在我生病期间，天天有个年轻人来打听我的病情，却又从来不肯留下他的名字，这个人难道就是您吗？”

“就是我。”

“那么，您不仅宽宏大量，而且心地善良。”她朝我瞥了一眼，女人在给一个男人作评价时，就用这种眼光来补充她们的见解。随后她转身对德·N伯爵说：“伯爵，您就不会这样做。”

“我认识您只不过两个月呀。”伯爵辩解说。

“而这位先生认识我只有五分钟。您总拿蠢话来回答。”

女人对待她们不喜欢的人是冷酷无情的。

伯爵涨红了脸，咬着嘴唇。

我对他产生了怜悯，因为他看来像我一样坠入情网，而玛格丽特狠心的坦率态度大概使他很难堪，尤其是面对着两个陌生人。

“我们进来的时候，您正在弹钢琴，”我想改变话题，于是这样说，“难道您不乐意把我当作老朋友来对待，继续弹下去吗？”

“噢！”她说，一边倒在长沙发上，示意要我们也坐下，“加斯东知道我弹什么曲子。我跟伯爵单独相处时，都是这样的，但是，我不想让你们遭这份罪。”

“您为了我才有这种爱好吧？”德·N伯爵回嘴说，他竭力使微笑带有狡黠和讽刺的意味。

“您指责我有这种爱好就错了，这是我唯一的爱好。”

很明显，这个可怜的小伙子无言以对。他向年轻女子投了确实在哀求的一眼。

“那么，普吕珰丝，请说说，”她继续讲，“我托您办的事，您办好了吗？”

“办好了。”

“很好，过一会儿告诉我好了。我们要谈点事，在我没有跟您谈过话之前，您不要走掉。”

“我们大概来得很冒昧，”这时我说，“既然我们，不如说是我得到第二次介绍，可以把第一次忘掉，加斯东和我，我们就此告辞了。”

“千万别走，这话我并不是冲着你们来的。相反，我希望你们留下。”

伯爵掏出一块非常漂亮的表，看了看时间：

“我该去俱乐部了。”

玛格丽特一声不响。

伯爵于是离开壁炉，向她走来：

“再见，夫人。”

玛格丽特站起身来。

“再见，亲爱的伯爵，您已经要走了吗？”

“是的，我担心使您厌烦了。”

“今天您不比往日更使我厌烦。什么时候能再见到您呢？”

“只要您允许。”

“那么，再见！”

您得承认，这真是无情。

幸亏伯爵受过良好的教育，又很有涵养。玛格丽特相当没精打采地向他伸出手去，他只是吻了一下，向我们行了个礼，然后出去了。

正当他跨出房门的时候，我望了一下普吕珰丝。

她耸了耸肩，那种神态意味着：

“您叫我怎么办呢，我能做的都做了。”

“纳尼娜！”玛格丽特叫道，“给伯爵先生照个亮。”

我们听到开门和关门的声音。

“总算走了！”玛格丽特回来时嚷着说，“这个年轻人使我心烦意乱得厉害。”

“亲爱的孩子，”普吕珰丝说，“您对他太刻薄了，他待您多么温柔体贴啊。您看壁炉上还有他送给您的一块表，我有把握这块表花了他至少一千埃居[①]。”

杜韦努瓦太太走近壁炉，拿起她所说的那件精巧玩意儿把玩着，并投以贪婪的目光。

“亲爱的，”玛格丽特坐到钢琴前说，“我把他给我的礼物和他对我所说的话，放在天平的两边衡量一下，我觉得接受他来访的

① 埃居，法国古代钱币名。1埃居等于5法郎，1法郎约等于1里弗。

代价太便宜了。”

“这个可怜的年轻人热恋着您呢。”

“如果我必须倾听所有爱上我的人说话，我就连吃饭的时间也没有了。”

她让手指在琴键上飞舞，然后她转过身对我们说：

“你们想吃点什么吗？我呢，我很想喝一点潘趣酒。”

“我呀，我想吃一点仔鸡，”普吕珰丝说，“我们吃夜宵好不好？”

“就这样，我们去吃夜宵吧。”加斯东说。

“不，我们就在这里吃夜宵。”

她打铃，纳尼娜进来了。

“派人去准备夜宵。”

“要吃些什么呢？”

“随你安排，不过要快，马上送来。”

纳尼娜出去了。

“就这样，”玛格丽特像个孩子似的跳着说，“我们要吃夜宵。那个笨蛋伯爵真使人厌烦！”

我越看这个女人，越使我入迷。她美得令人心醉神驰。甚至她的瘦削也有一种风韵。

我看得出了神。

对我身上起的变化，我很难解释清楚。我对她的身世充满了原宥之心，对她的美貌充满了赞美之情。她不愿接受一个漂亮、富有、准备为她倾家荡产的年轻人，这种毫不势利的表现使我原谅了她以往的所有过错。

在这个女人身上，有着某些单纯的东西。

可以看出她虽然过着放纵的生活，但仍然保持纯真。她步态稳健，体态娉婷，玫瑰色的鼻孔张开，一对瞳仁周围有一圈淡蓝色，这一切表明她是一个天性热情的人。在这样的人周围，总是散发出一种享乐的芬芳，犹如那些东方的香水瓶一样，不管盖得多严，里面香水的芬芳仍然要泄漏出来。

总之，不管是出于气质，还是出于她的疾病的症状，在这个女子的眼里，不时地闪耀出欲望的光芒；这种欲望的表露，对于她曾经爱过的人来说，不啻一种天启。但是爱过玛格丽特的人不胜枚举，而她爱过的人还数不出来呢。

一句话，在这个姑娘身上，可以看出处女的纯洁的特质，只不过她失足才成了妓女，而这个妓女很容易又会成为最多情、最纯洁的女子。在玛格丽特身上还有一些倨傲和独立精神：这两种精神受了挫伤之后，可能起到贞洁所起的作用。我一言不发，我的灵魂似乎完全钻进我的心里，而我的心又仿佛钻进了我的眼睛里。

“这样说，”她突然又说，“我生病期间，常来打听我病情的就是您？”

“是的。”

“您知道这太棒了！我该怎样做才能感谢您呢？”

“允许我经常来看您。”

“悉听尊便，下午五点到六点，半夜十一点到十二点都可以。喂，加斯东，请为我弹一首《邀舞曲》[①]。”

“为什么？”

---

① 《邀舞曲》，德国作曲家韦伯（1786—1826）的钢琴曲（1819），在全欧获得成功，柏辽兹将它改成管弦乐，后人又改成芭蕾舞《玫瑰幽灵》（1911）。

"首先是为了让我高兴，其次是因为我一个人弹不了这首曲子。"

"那么，您在什么地方感到棘手呢？"

"第三分谱升高半音的一段。"

加斯东站起身来，坐到钢琴前面，开始弹奏韦伯的这首绝妙的曲子，乐谱就摊开在谱架上。

玛格丽特一手扶着钢琴，望着琴谱，目光随着每个音符移动，她低声吟唱着。当加斯东弹到她指出的那一段时，她一面用手指敲打着钢琴顶部，一面小声唱着：

"来，咪，来，哆，来，发，咪，来，这就是我弹不了的地方。请再弹一遍。"

加斯东重弹一遍，弹完以后，玛格丽特对他说：

"现在让我来试试。"

她坐下弹了起来，但是她那不听使唤的手指，弹到刚才指出的几个音符时，总是弹错。

"真是令人难以相信，"她用一种酷似孩子的腔调说，"我就是弹不好这一段！有时我弹这一段弹到凌晨两点钟，信不信由您！当我想到这个笨蛋伯爵不看乐谱却弹得非常出色时，我想正是这一点使我对他大发其火。"

她再弹一遍，还是老样子。

"让韦伯、乐谱和钢琴统统见鬼去吧！"她说，一边把乐谱扔到房间的另一头，“为什么我不能连续弹出八个高半音呢？”

她交叉抱起双臂，望着我们，气得跺脚。

她的脸颊升起一片红晕，一阵轻微的咳嗽使她半张开嘴。

“得啦，得啦，”普吕珰丝说，她已经脱掉帽子，在镜子前面理顺分梳的头发，“您马上又要生气，弄得不舒服了，我们不如去吃夜宵吧。我呀，我饿坏了。”

玛格丽特重新打铃，然后她又坐到钢琴前面，轻声地哼着一首轻浮的歌曲，一面伴奏，一点儿也没有出错。

加斯东会唱这首歌，他们就来了个二重唱。

“别唱这种下流曲子了。”我用恳求的语气亲切地对玛格丽特说。

“噢！您多么纯洁无瑕啊！”她微笑着对我说，一面把手伸给我。

“这不是为了我，是替您着想啊！”

玛格丽特做了一个手势，意思是说：“噢！我呀，我早就跟贞洁一刀两断了。”

这当儿纳尼娜走了进来。

“夜宵准备好了吗？”玛格丽特问。

“夫人，过一会儿就好了。”

“对了，”普吕珰丝对我说，“您没有看过这套公寓？来吧，我领您去看看。”

您知道，客厅布置得富丽堂皇。

玛格丽特陪了我们一会儿，然后她叫上加斯东，同他一起到餐室去，看看夜宵是不是准备好了。

“看，”普吕珰丝高声地说，她望着一只多层架子，从上面拿下一个萨克森小塑像，“我还不知道您有这么一个小塑像呢！”

“哪一个？”

“手里拿着一只鸟笼的小牧童，笼里还有一只鸟。”

“如果讨您喜欢，您就拿去吧。”

“啊！但是我担心夺走了您的东西。”

“我本来想把它送给我的女佣，我觉得它很丑陋。既然讨您喜欢，您就拿走吧。”

普吕玛丝只看重礼物本身，而不在乎送礼的方式。她把小塑像放在一边，把我领到梳妆间，指着挂在那里的两幅肖像细密画对我说：

“这就是德·G伯爵[①]，他曾经迷恋过玛格丽特，是他把她捧出来的。您认识他吗？”

“不认识。那么这一位呢？”我指着另一幅肖像细密画问道。

“这是小德·L子爵。他不得不离开了她。”

“为什么？”

“因为他差不多破产了。这又是一个爱过玛格丽特的人！”

“那么她一定很爱他啰？”

“这是一个非常古怪的姑娘，别人根本不知道怎么对待她。德·L子爵要离开她的那天晚上，她像往常一样去看戏，不过，在他动身的时候，她倒是哭了。”

这当儿，纳尼娜进来了，向我们禀报夜宵准备好了。

当我们走进餐室的时候，玛格丽特倚在墙上，而加斯东握着她的手，低声地对她说话。

---

① 德·G伯爵写的是德·格拉蒙公爵的长子，安东尼·阿杰诺尔·德·吉什伯爵（1819—1880）。在第二帝国末期，他是外交大臣。

“您疯了，”玛格丽特回答他说，“您很清楚我不愿意接受您。像我这样一个女人，您认识已有两年了，用不着现在才要求做我的情人。我们这些人，要么马上委身于人，要么永远也不肯。喂，先生们，入席吧。”

于是玛格丽特摆脱加斯东的手，让他坐在她右面，让我坐在她左面，然后她对纳尼娜说：

“你先去关照厨房里的人，如果有人拉铃，不要开门，然后你再来坐下。”

这样吩咐的时候，已是凌晨一点钟了。

这顿夜宵，欢乐达到极限。不时地爆发出一些脏话，有些圈子里的人认为这些脏话很逗乐，纳尼娜、普吕玛丝和玛格丽特就为之喝彩叫好。加斯东狂饮滥喝；他是一个心地善良的小伙子，但是他的思想由于早年染上的恶习而有点变坏了。我一度真想麻醉自己，与眼前这个场面同流合污，这般快乐好似美馔佳肴，我也参与其中。但是，我逐渐地脱离这片喧闹，我的酒杯始终盛得满满的，看到这个二十岁的美人喝酒，像个脚夫一样说话，别人讲得越不堪入耳，她越开怀大笑，我便变得近乎悲哀。

我觉得这种寻欢作乐，这种说话和喝酒的方式，在其他客人身上是放荡、坏习惯或者精力旺盛的结果；而在玛格丽特身上，我看则是一种忘却现实的需要，是一种兴奋、一种神经质的感应。每喝一杯香槟酒，她的面颊就覆盖一阵发烧的红潮，夜宵开始时轻微的咳嗽，久而久之变得相当厉害，迫使她把头仰靠在椅背上，每次咳嗽时，都要将双手按住胸脯。

每天这样狂饮滥喝，势必损伤她那孱弱的机体，我看了真是难过。

不出我所料，我担心的一件事终于发生了。将近夜宵结束时，玛格丽特一阵狂咳，这是我到来以后她咳得最厉害的一次。我觉得她胸膛里的五脏六腑都撕碎了。可怜的姑娘脸色变得通红，痛苦得合上眼睛，拿起餐巾擦拭嘴唇，一滴鲜血把餐巾染红了。于是她站起来，奔进了梳妆室。

“玛格丽特怎么啦？”加斯东问。

“她笑得太厉害，咳出血来了，”普吕玿丝说，“噢！没关系，她每天都这样。她就会回来的。让她独个儿待一会儿，她更喜欢这样。”

至于我呢，我忍不住了，尽管普吕玿丝和纳尼娜大吃一惊，想叫住我，但我还是去找玛格丽特。

十

她躲藏的那个房间只点亮一支蜡烛，蜡烛放在桌子上。她仰倒在一张大沙发上，连衣裙解开了，一只手按住心口，另一只手垂了下来。桌上有一只银面盆，盛着半盆水，水里漂浮着大理石花纹似的缕缕血丝。

玛格丽特脸色惨白，半张着嘴，竭力想喘过气来。她的胸脯不时地由于深呼吸而鼓胀起来，吐气以后，她仿佛轻松一些，有一会儿她处在舒适的状态中。

我走近她，她纹丝不动。我坐了下来，握住她放在长沙发上的那只手。

“啊？是您？”她对我说，笑了一笑。

看来我的脸大惊失色，因为她加了一句：

“您也生病了吗？”

“没有。而您呢，您还难受吗？”

“略微有点，”她用手

帕擦掉由于咳嗽涌上来的眼泪，“眼下我对这种情况已经习惯了。”

“您这是在自杀，夫人，”于是我用激动的声调对她说，“我愿意做您的朋友，您的亲人，以便阻止您这样糟蹋自己。”

“啊？您实在用不着大惊小怪，”她用悲凉的语调辩解说，“请看别人是不是还关心我：这是因为他们很清楚，这种病无可救药。”

说完，她站起来，拿起蜡烛，放在壁炉上，照了照镜子。

“我多么苍白啊！”她说，一面把连衣裙系好，用手指梳理散乱的头发。“啊！好了！我们重新入席吧。来吗？”

然而我坐着一动不动。

她理解这个场面在我身上引起的激动，因而她走近我，把手伸给我说：

“喂，来吧。”

我捏住她的手，把它放到嘴唇上，两滴忍了很久的眼泪止不住滴湿了她的手。

“咳，多么孩子气！”她边说边坐在我身边，“瞧您哭了！您怎么啦？”

“您一定认为我是个呆子，但是我刚才看到的情景令我难过极了。”

“您心地真善良！您叫我有什么办法呢？我睡不着觉，我必须散散心。再说，像我这样的姑娘，多一个少一个有什么关系呢？医生告诉我，我咯的血是从支气管出来的。我假装相信他们的话，我也只能这样对付他们了。”

“听着，玛格丽特，”于是我再也控制不住自己，便说，“我不知道您要对我的一生产生多大的影响，不过我知道的是，眼下我最关心的就是您，超过了对任何人，甚至超过了对我的妹妹。自从我见到您以来，情况就是这样。咦，看在上天的分儿上，好好照顾自己，不要再像眼下这样生活了。”

“即使我好好照顾自己，我也会死去。支持着我的，是我所过的狂放不羁的生活。再说，好好照顾自己，这对有家庭和朋友的上流社会妇女是有用的，但是我们呢，一旦我们不能再满足情人的虚荣心，不能再供他们寻欢作乐，他们就抛弃我们，于是漫漫长夜之后，白天仍然是度日如年。我对此一清二楚，唉，我曾经在床上躺了两个月，而三个星期之后，就没有人再来看我了。”

“我对您来说确实算不了什么，”我又说，“但是，只要您愿意，我会像亲兄弟一样照顾您，我不会离开您，我要治好您的病。等您体力恢复以后，您就可以随心所欲地再过眼下这种生活，但是，我十拿九稳，您会更爱过平静的生活，这种生活会使您更加幸福，会使您永葆青春美丽。”

“今天晚上您这样想，是因为您酒后伤感，但是今后您夸口的那份耐心，您是不会有的。”

“请允许我对您说，玛格丽特，您曾经生了两个月的病，在这两个月里，我天天来打听您的病情。”

“不错，但是，为什么您不上楼呢？”

“因为当时我不认识您。”

“跟我这样一个姑娘有什么可拘礼的呢？”

“跟女人在一起总是令人拘谨，至少这是我的想法。”

“这么说，您会照顾我啰？”

“是的。”

“您天天都待在我身边吗？”

“是的。”

“甚至每一夜？”

“只要我不使您讨厌，日日夜夜。”

“您把这个叫作什么？”

“忠心耿耿。”

“这忠心耿耿从何而来？”

“来自我对您无法克制的好感。”

“这么说，您爱上我了吗？马上说出来吧，这样干脆利落。”

“可能是的。不过，即使有朝一日我要向您表白出来，那么也不是今天。”

“您最好永远不要对我表白。”

“为什么？”

“因为这样表白只能有两种后果。”

“哪两种？”

“要么我不接受，那时您会怨恨我；要么我接受了，那么您就会有一个愁眉苦脸的情妇，一个神经质的、生病的、忧伤的女人，一个快乐的时候比悲哀更忧伤的女人，一个要咯血，而且每年花费十万法郎的女人。对公爵这样一个老富翁来说是可以承受的，而对您这样一个年轻人来说就很棘手了。证据是，我以前所有年轻的情人都很快地离开了我。”

我闷声不响，我在倾听。这种近乎忏悔的坦率，这种我在遮盖着她的金色面纱之下依稀看到的痛苦生活，可怜的姑娘在放荡、酗酒和失眠中要逃避生活现实，这一切使我感慨万千，我一句话也说不出来。

“得了，”玛格丽特继续说，“我们在说孩子气的话。把手伸给我，我们回到餐室去吧。别让他们知道我们离开这段时间说了些什么。”

“您要回去就回去吧，但是我请您允许我留在这里。”

“为什么？”

“因为看您寻欢作乐使我难受至极。”

“那么，我就愁容满面好啦。”

“噢，玛格丽特，让我告诉您一件事，别人大概时常对您提起过，您听多了，习以为常，也许妨碍您信以为真。不过，这件事仍然是真实的，我以后再也不会跟您提起了。”

“什么事？”她对我说，那种微笑是年轻的母亲在听她们的孩子说傻话时浮现出来的。

“自从我见到您以后，我不知道怎么回事，也不知道什么原因，您在我的生活中占据了一个位置，我徒劳地想把您的形象从我的脑际驱除掉，但您的形象总是去而复返。我已经有两年没有见到您了，今天我遇到您以后，您在我的心里和脑子里占据了更加重要的地位。最后，既然您接待了我，我认识了您，我知道了您所有的特殊情况，那么，您便成了我不可或缺的人。别说您不爱我，即使您不让我爱您，我也会发疯的。”

“但是，您是多么可悲啊，我要对您照搬 D 太太说过的话：‘那么您是个阔佬啰！’这么说，您并不知道我每月要花费六七千法郎，这种花费对我的生活已成了必不可少的了。这么说，我可怜的朋友，您并不知道在短短的时间里我就会使您倾家荡产，您家里人会停止供给您一切费用，教训您不要同我这样的女人一起生活。像一个好朋友那么爱我吧，但不要换别种方式爱我。您来看看我，我们有说有笑，不过别夸大我的身价，因为我值不了许多。

您心地善良，您需要得到爱情。您太年轻，太易动感情，不能生活在我们的圈子里。去找一个结过婚的女人吧。您看，我是一个善良的姑娘，同您说话直来直去。”

“好啊！你们在这里搞什么鬼啊？”普吕珰丝叫道。我们没有听见她来到的声音，只见她披头散发，连衣裙解开，突然出现在门口。我看得出是被加斯东的手弄乱的。

“我们是循规蹈矩的，”玛格丽特说，“让我们再待一会儿，我们马上会来的。”

“好，好，你们谈吧，孩子们。”普吕珰丝说，她走开了，关上了门，好像是为了加重她最后几句话的语气似的。

“就这样一言为定，”玛格丽特在只剩下我们俩时接着说，“您不要再爱我了。”

“我会远走高飞。”

“要到这种程度吗？”

我说得过头了，以至没有退路。但是，这个姑娘使我神魂颠倒。这种快乐、忧郁、纯真、淫欲的混合，甚至这种加剧她多愁善感、神经亢奋的疾病，这一切都使我明白，如果一开始我控制不了这个天性健忘和轻浮的女人，我就要失去她。

“喂，您说的话是认真的吗？”她问。

“非常认真。”

“但是，为什么您不对我早说呢？”

“我哪有机会对您说呢？”

“可以在滑稽歌剧院您被介绍给我的第二天嘛。”

“我想，如果那时我去看您，您接待我会很差劲的。”

“为什么？”

“因为我前一晚蠢头蠢脑的。”

“这倒是真的。但是，那时候您已经爱上了我？”

“是的。”

“可这并不妨碍您在看完戏之后，回家安然躺下睡觉。这种伟大的爱情究竟是怎么回事，我们一清二楚。”

“那么，您就搞错了。您知道在滑稽歌剧院看戏那天晚上，我的所作所为吗？”

“不知道。”

“我在英国咖啡馆门口等候您。我尾随载走您的三位朋友的马车，当我看到您独自一人下车，回到家里时，我感到非常高兴。”

玛格丽特笑了起来。

“您笑什么？”

“没有什么。”

“说给我听听，我求求您，否则我会以为您还在嘲笑我。”

“您不会生气吗？”

“我有什么权利生气呢？”

“那么，我独自回家有一个好理由。”

“什么理由？”

“有人在那里等我。”

纵然她给我捅一刀，也不会使我比这更加痛苦。我站起身来，向她伸出手去。

“再见。”我冲着她说。

“我早就知道您会生气的，”她说，“男人总是兴致勃勃地想知道要使他们难堪的事。”

“但是，我向您保证，”我冷冷地又说，仿佛我想证明我已经彻底平息了我的激情似的，“我向您保证，我没有生气。有人等候您，这是自然而然的，就像我凌晨三点钟要离开，也是自然而然的事一样。”

“难道也有人在您家里等候您吗？”

“不，不过我必须离开了。”

“那么再见。”

“您打发我走？”

“绝对不是。”

“为什么您要使我难过呢？”

“我使您难过什么啦？”

“是您告诉我，那天有人在等您。”

“我想到您看到我独自回家，而且有一个好理由的时候，居然那样高兴，我就忍俊不禁。”

“人们经常犯孩子气，自得其乐。这时使人扫兴是很可恶的。只有让人保持快乐，才能使找到快乐的人更加高兴。”

“可是您究竟在跟谁打交道呢？我既不是处女，又不是公爵夫人。今天我才认识您，用不着向您汇报我的行动。就算有朝一日我成了您的情妇，您也必须知道，除了您以外，我还有别的情人呢。如果您事先已经跟我吃起醋来了，那么将来会怎样呢？就算存在将来这一天吧！我从来没有见过像您这样的男人。”

“这是因为还从来没有人像我这样爱过您。”

“喂，直说吧，您真的很爱我吗？”

“我想是最大限度地爱您。”

“从什么时候开始的？”

“从我看见您走下马车，踏进絮斯商店那一天开始，距今三年了。”

“您知道这真是妙不可言吗？那么，我该怎样做才能报答这伟大的爱情呢？”

“应该稍微爱我一下。”我说，剧烈的心跳使我几乎说不出话来。尽管她在这场谈话中一直带着半讥讽的微笑，但我还是觉得玛格丽特开始跟我一样心慌意乱。我长期以来翘首盼望的时刻临近了。

“那么拿公爵怎么办呢？”

“哪个公爵？”

“我的老醋坛子。”

“他会一无所知。”

“如果他知道了呢？”

“他会原谅您的。”

“嗳！不会的！他要摒弃我，那我怎么办呢？”

“您为了别人也在冒这种被摒弃的危险。”

“您怎么知道的？”

“您刚才吩咐今夜不要让任何人进来，从中透露了消息。”

“不错，不过这是一个庄重的朋友。”

“您并不怎么看重他，因为这种时候您让人把他挡在门外。”

“您不该责备我，因为这是为了接待你们——您和您的朋友。”

我逐渐地挨近玛格丽特，我已经搂住她的腰，我感到她柔软的躯体轻轻地压在我合拢的手上。

“要是您知道我多么爱您就好了！”我低声地对她说。

“当真？”

“我向您发誓。”

“好吧，如果您答应我，对我百依百顺，二话不说，不监视我，不盘问我，或许我会爱您的。”

“就按您的意思办！”

“不过，我有言在先，我要自由自在，随心所欲，丝毫不用把我的生活情况告诉您。我早应物色一位年轻的情人，他任我摆布，一往情深，毫不猜疑，得到爱情却不要求权利。我一直没有找到。男人们眼巴巴地期望着得到一次的东西，给了他们以后，时间一长，他们非但不满足，反而要他们的情妇讲清现在、过去甚至将来的情况。随着他们熟悉了情妇，他们便想控制她。给了他们所需要的一切以后，他们变得越发得寸进尺。如果眼下我决意再找一个情人的话，我要他具有三项罕见的品质，就是他要信赖人、顺从和谨慎。”

“好吧，您要怎样我都照办。”

“我们以后再说吧。”

“什么时候呢？”

“过些时候。”

“为什么？”

“因为，”玛格丽特说，一边挣脱我的手臂，在一大束早上送来的红色茶花中摘了一朵，插在我的纽孔里，“因为条约总不至于在签订的当天就加以执行嘛。”

这是容易理解的。

“那么我什么时候再见到您呢？”我说，一边把她紧紧搂在怀里。

“当这朵茶花改变颜色的时候。”

“什么时候它改变颜色呢？”

“明天晚上十一点钟到半夜之间。您高兴了吧？”

“这您还用问吗？”

“无论对您的朋友，对普吕玛丝，还是对任何人，都闭口不谈。”

“我答应您这样做。”

“现在抱吻我一下，然后我们回到餐室去。”

她把嘴唇贴近我，然后重新捋平头发。在我们走出这个房间的时候，她唱着歌，而我有点疯疯癫癫。

走进客厅时，她站住了，低声地对我说：

“我看来准备马上接受您的青睐，您该觉得有些古怪吧；您知道这是什么原因吗？”

“这是因为，”她继续说，一边握住我的手，把它按在她的胸口上，我觉得她的心在扑腾乱跳，“这是因为我不如别人活得长，我决心要抓紧时间生活。”

“别再跟我说这种话了，我求求您。”

“噢！您放心吧，”她笑着继续说，“即使我活不了多久，我也会活得比您爱我的时间长些。”

她唱着歌走进了餐室。

“纳尼娜在哪里？”她看到只有加斯东和普吕玛丝，便问。

“她在您的卧室打盹，等您上床睡觉呢。”普吕玛丝回答。

“可怜的姑娘！我把她累坏了！喂，先生们，请便吧，是时候了。”

十分钟以后，加斯东和我，我们告辞出来。玛格丽特和我握手道别，普吕玛丝留了下来。

“喂，”我们出来以后，加斯东问我，“您觉得玛格丽特怎么样？”

“她是个天使，我为她神魂颠倒了。”

“我早就料到了；您对她表白了吗？”

“是的。”

“她对您说过信以为真吗？”

“没有。”

“普吕玿丝可不一样。”

“她答应了您吗？”

“她做得更进一步，亲爱的！简直令人难以相信，她风韵犹存哪，这个胖乎乎的杜韦努瓦！”

十一

故事叙述到这里时，阿尔芒止住话头。

“请您关上窗子好吗？”他对我说，“我觉得有点冷了。您关上窗，我想躺一躺。”

我关上窗子。阿尔芒身体仍然十分虚弱，他脱掉室内便袍，躺到床上，将头靠在枕头上歇了一会儿，如同经过长途跋涉而精疲力竭，或者被痛苦的往事感到激动不安的人那样。

“也许您讲得太多了，”我对他说，“我还是告辞，让您睡觉好不好？改天您再把故事结局讲给我听。”

“您觉得这个故事无聊吗？”

“恰恰相反。”

“那么我就讲下去；如果您撇下我一个人，我也睡不着。”

当我回到家里以后，他继续说。用不着深思熟虑，所有的细节历历如在他的眼前。我没有睡下，我开始思索这一天的遭遇。和玛格丽特的会面，介绍给她，她对我许下的诺言，这一切是那么突如其来，始料不及，有的时候我还以为是在做梦。然而，一个男人向玛格丽特提出要求，她答应在第二天满足他，这并非是破天荒第一次。

我这样思索没有什么作用，我未来的情妇给我的最初印象非常强烈，始终萦怀不去。我固执己见，认为她跟别的姑娘不一样。我怀着所有男人都有的虚荣心，倾向于相信，她不可抑制地对我就像我对她一样迷恋。

但是我又看到一些互相矛盾的例子，我常常听说，玛格丽特的爱情像商品一样，价格随着季节的不同而涨落。

可是，另一方面，她又不断地拒绝我们在她家里遇到的那个年轻伯爵的要求，这件事同她的坏名声又怎么调和起来呢？您会对我说，她不喜欢伯爵，由于她有公爵供养，生活豪华，既然她要找另一个情人，她便宁愿爱上一个讨她喜欢的人。那么，为什么她不要漂亮、风趣、富有的加斯东，却看来要我呢？何况她第一次见到我时，还觉得我十分可笑。

不错。有时候一分钟发生的事，比一年的追求还起作用。

在吃夜宵的人中间，只有我看到她离席而去而焦急不安。我跟在她后面，我非常激动，无法掩饰。我吻她的手时，泪水涟涟。这种情况，加上在她患病的两个月里，我天天来探问她的病情，终于使她看到我与众不同。兴许她思量，对于一个这样表达爱情的人，她完全可以一如既往，她以前已经干过那么多次，这种事对她已经无足轻重了。

正如您看到的那样，所有这些假设是相当可能的。但是，不管她同意的原因是什么，有一点是确定无疑的，那就是她已经同意了。

我一直钟情于玛格丽特，我即将得到她，我绝对不能对她有进一步的要求了。但是我对您再说一遍，尽管她是受人供养的姑娘，说不定我把她诗意化了，我以前还是把这爱情看作毫无希望，因此，当这个希望要实现的时刻越是临近，我越是满腹狐疑。

我一夜没有合眼。

我失魂落魄，如痴似呆。时而我觉得自己不够漂亮，不够富有，不够风度翩翩，不配拥有这样一个女人；时而一想到能占有她，便沾沾自喜。接着我又开始担心玛格丽特不过是逢场作戏，对我只有几天的热情。我预感到关系很快就会破裂，结局悲惨。我心想，晚上也许最好不上她家去，把我的担心写信告诉她，然后远走高飞。随后，我又产生无限的希望和无比的信心。我做着关于未来的难以置信的美梦。我心想，由于我，这个姑娘治好了肉体上和精神上的疾病，我会同她过一辈子，她的爱情胜过最纯洁无瑕的情爱，使我格外幸福。

总之，我无法向您复述这千百种思绪，它们涌向我的脑际，但天亮时我睡着了，思绪也逐渐地消失。

我醒来时已是下午两点钟，风和日丽。我记不得我的生活如此美好，如此充实。昨夜的情景一幕幕呈现在我的脑海里，清晰异常，毫无困难，而且欢快地伴随着对晚上的希望。我匆匆地穿上衣服。我心情愉快，能一试身手，做出壮举。我的心因快乐和爱情而不时地怦然乱跳。柔情似火，使我心潮澎湃。我入睡前纠缠着我的千思百虑，此刻都不再放在心上。我只看到好结果，我只想着该再见到玛格丽特的时刻。

我无法待在家里。我觉得我的房间太小，容纳不下我的幸福；我需要向整个大自然倾诉衷肠。

我走出家门，来到昂坦街。玛格丽特的双座四轮轿式马车在她家门口等候她，我朝香榭丽舍大街的方向走去。凡是我遇到的人，即使我不认识，我也喜欢他们。

爱情使人多么美好啊！

我在玛尔利石马群像[1]和圆形广场之间漫步了一个小时，我远远看到玛格丽特的马车，我不是认出来的，而是猜度到的。

在转向香榭丽舍大街的拐角时，她让马车停下。一个魁梧的年轻人离开他在那里谈话的一群人，过去跟她交谈。

他们聊了一会儿，年轻人又回到他的朋友们中间，马车继续往前走。我走近那群人，认出刚才跟玛格丽特谈话的人就是德·G伯爵；我见过他的肖像，普吕玛丝告诉过我，玛格丽特是他捧出来的。

昨天晚上玛格丽特吩咐挡驾的就是他。我设想她刚才把马车停下，是为了向他解释挡驾的原因。我希望她同时已找到新的借口，今晚也不接待他。

白天的其余时间是怎么度过的，我不知道。我走呀走，抽烟，谈话，但是，到了晚上十点钟，我说了些什么，我遇到过什么人，我一点也记不清了。

我记得清的是，我回到家里，花了三小时打扮，看了上百次我的挂钟和表，不幸的是它们走得分秒不差。

当十点半敲响时，我心想该出门了。

那时节我住在普罗旺斯街。我沿着勃朗峰街走去，穿过林荫大道，经过路易大帝街、马洪港街和昂坦街。我张望着玛格丽特的窗户。

屋里有灯光。我拉了拉门铃。

我问门房，戈蒂埃小姐是不是在家。

---

① 玛尔利石马群像，位于协和广场入口处，原为饮马槽的装饰品，是著名雕刻家库斯图（1677—1746）的作品。

他回答我说，她在十一点钟或者十一点一刻之前从来回不了家。

我看了看表。原以为自己慢吞吞地走来，其实从普罗旺斯街走到玛格丽特家，我只花了五分钟。

于是，我就在这条没有商店，这时息无人影的街上踯躅。

半小时以后，玛格丽特回来了。她从马车上下来，环顾四周，仿佛在找人似的。

马车慢慢地开走了，马厩和车库不在这座房子里面。正当玛格丽特拉铃时，我走上前对她说：

“晚上好。”

“啊！是您？”她对我说，语气里透露出她在这儿见到我有点惴惴不安。

“您不是答应过，让我今天来拜访您吗？”

“不错，我倒是忘了。”

这句话把我早上的千思百虑和白天的种种希冀都推翻了。不过，我已经开始习惯她这种待人接物的方式，我没有一走了之，而以前我准定会这样做的。

我们进了门。纳尼娜已经预先把门打开。

“普吕珰丝回家了吗？”玛格丽特问。

“没有，夫人。”

“去说一声，让她一回家就过来。先去把客厅里的灯灭掉。如果有人来，就说我没有回家，而且今天不回家。”

显然，这个女人在忙于某件事，也许厌倦了一个讨厌的人。我茫然不知所措，也不知说什么话好。玛格丽特朝卧室那边走去，我待在原地不动。

“来吧。”她对我说。

她脱掉帽子和丝绒外套，扔在床上，然后跌坐在火炉旁边一张大扶手椅里。她吩咐过炉火一直生到夏初。她一边抚弄着表链，一边对我说：

“喂，有什么新鲜事跟我讲讲？”

“什么也没有，除了今晚我不该来以外。”

“为什么？”

“因为您看来不高兴，我一定使您厌烦了。”

“您没有使我厌烦，只不过我不舒服，整天身上难受，昨晚我没有睡好觉，我头痛得厉害。”

“那么我告辞，让您上床睡觉，好不好？”

“噢！您可以留下来，如果我想睡觉，我会当着您的面躺下。”

这当儿有人拉铃。

“还有谁来呢？”她说，做了一个不耐烦的动作。

过了一会儿，铃声又响了。

“这么说，没有人去开门，还得我自己去开。”

她当真站了起来，对我说：

“您等在这里。”

她穿过套房，我听到开门的声音——我在谛听。

她放进来的人在餐室停住脚步。他一开口，我就听出是德·N伯爵的声音。

“今天晚上您身体怎么样？”他问。

“不好。”玛格丽特干巴巴地回答。

“我打搅了您吗？”

“兴许是。”

“您怎么这样接待我！我哪里得罪了您，亲爱的玛格丽特？”

“亲爱的朋友，您哪里也没有得罪我。我不舒服，我需要睡觉，因此，您就此告辞会令我愉快的，每天晚上刚回来五分钟就看到阁下光临，这真叫我头痛。您要怎么样？要我做您的情人吗？那么我已经对您讲过一百遍了：不行。我非常讨厌您，您另打主意吧。今天我对您说最后一遍：我不想接受您，一锤定音。再见。哦，纳尼娜回来了，她会给您照亮的。晚安。”

于是，玛格丽特不再多讲一句话，也不听年轻人期期艾艾地说些什么。她回到卧室，砰的一声把门关上，纳尼娜几乎紧接着也从这扇门进来。

“你听我说，”玛格丽特对她说，“以后你一成不变地对这个笨蛋说，我不在家，或者说我不愿意接待他。有的人老是来向我要求同样的东西，他们为我付钱，就自以为同我算清账了，不断地看到这些人，真叫我烦透了。如果那些开始要操我们这种卖笑生涯的女人知道这是怎么一回事，她们会宁可去做女佣。但是不行啊，要有衣裙、马车和钻石的虚荣心，把我们往火坑里拖。我们听信了别人的话，因为卖笑也自有诺言。于是我们逐渐地消耗掉心灵、躯体和姿色，别人像见到猛兽一样惧怕我们，像对贱民一样蔑视我们，包围着我们的人总是给得少拿得多。有朝一日我们会在毁掉别人再自我毁灭以后，像条狗一样无声无息死去。”

“得了，夫人，您平静一下，”纳尼娜说，“今天晚上您神经太兴奋了。”

“这件连衣裙我穿了不舒服，”玛格丽特又说，一边拉开胸衣的搭扣，“给我一件浴衣。嗳，普吕珰丝呢？”

“她还没有回来，不过，她一回家，就有人叫她到夫人这里来的。”

“你看，这里又有一个，”玛格丽特继续说，一边脱下连衣裙，穿上一件白色浴衣，“你看，这里又有一个，她用得着我的时候会找到我，却不肯真心实意地帮我一次忙。她知道我今晚在等待这个回音，我需要知道这个回音，我焦急不安，我敢说她不把我的事放在心上，东颠西跑去了。”

“兴许她被人拖住了。”

“给我们上潘趣酒。”

“您会更伤身体的。”纳尼娜说。

“那样更好。再给我拿些水果、馅饼，或者一只鸡翅膀，随便什么东西，快一点，我饿了。”

用不着告诉您，这个场面在我身上产生的印象。您猜得出，对吗？

“您待会儿跟我一起吃夜宵，”她对我说，“您暂且拿一本书看看，我要到梳妆室去一下。”

她点亮一只枝形烛台上的几支蜡烛，推开床脚旁边的一扇门，走了进去。

至于我，我开始思考这个姑娘的生活，也许出于怜悯，我对她的爱更钟情了。

我一面思索，一面在房间里来回走动，这时候普吕珰丝进来了。

“啊，您在这里？”她对我说，“玛格丽特在哪儿？”

“在梳妆室里。”

“我等她。喂，她觉得您很迷人，您知道吗？”

“不知道。”

“她没有对您漏过口风吗？”

“完全没有。”

“您怎么在这里？”

“我来看望她。”

“在半夜？”

“为什么不可以呢？”

“笑话！”

“她待我不很好。”

“她会待您好的。”

“当真？”

“我给她带来一个好消息。”

“那倒不错，这么说，她对您谈起过我吗？”

“昨天晚上，或者不如说今天早上，在您和您的朋友走了以后……对了，您的朋友怎么样？我想，别人叫他加斯东·R吧？”

“是的。”我说，想起加斯东对我透露的知己话，又看到普吕珰丝几乎不知道他的名字，我不由得微笑起来。

“这个小伙子很可爱，他是干什么的？”

“他有两万五千法郎年收入。”

“啊！当真！好吧，现在还是谈谈您的事，玛格丽特向我打听您。她问我，您是什么人，做过什么事，您有过哪些情妇，总之，像您这样年龄的人，凡是能问的都问了。我把我所知道的情况向她和盘托出，还加了一句，您是一个迷人的小伙子，就是这些。”

“谢谢您，现在，请告诉我，昨天她托您办什么事？”

“什么事也没有托，她只是说要把伯爵撵走，不过今天她托我办一件事，今天晚上我就是来告诉她回音的。”

这当儿，玛格丽特走出了梳妆室，妩媚地戴着一顶睡帽，帽子装饰着一束黄色缎带，专业术语叫作甘蓝形缎结。她这样打扮非常迷人。

“喂，”她瞧见普吕珰丝，便说，“您见到公爵了吗？”

“当然啰！”

“他怎么对您说？”

“他给我了。”

“多少？”

“六千。”

“在您身上吗？”

“是的。”

“他的神态不高兴吗？”

“没有。”

“可怜的人！”

这句“可怜的人！”说话的口气真是难以形容。玛格丽特接过六张一千法郎的钞票。

“来得正是时候，”她说，“亲爱的普吕珰丝，您需要用钱吗？”

“您知道，我的孩子，过两天是十五日，如果您能借给我三四百法郎，您就帮了我的忙啦。”

“明天上午送去吧，现在换钱太晚了。”

“可别忘了呀。”

“放心吧。您跟我们一起吃夜宵吗？”

“不了，沙尔在我家里等我。”

“这么说，您一直迷着他吗？”

“神魂颠倒呢，亲爱的！明天见。再见，阿尔芒。”

杜韦努瓦太太走了。

玛格丽特打开组合柜的抽屉，把钞票往里一扔。

“对不起，我躺下了！”她微笑着说，一面向她的床走去。

“我不但允许，而且请求您这样做。”

她把镶着镂空花边的床罩翻到床脚，躺了下来。

“现在，”她说，“您过来坐在我身边，我们聊聊吧。”

普吕玹丝说得对，她捎来的回音使玛格丽特喜滋滋的。

“今天晚上我脾气不好，您能原谅我吗？”她握住我的手说。

“再多的事我也会原谅您。”

“您爱我吗？”

“爱得发狂。”

“不顾我的坏脾气吗？”

“一切都不顾。”

“您向我发誓！”

“我发誓。”我低声地对她说。

这时候纳尼娜进来了，端来几只盘子，一只冷仔鸡，一瓶波尔多[①]葡萄酒，一些草莓和两副餐具。

“我没有吩咐给您调潘趣酒，”纳尼娜说，“波尔多葡萄酒对您更合适。是不是，先生？”

---

① 波尔多，法国西南重镇、港口，所产的葡萄酒负有盛名。

“当然。”我回答，听了玛格丽特刚才那几句话，我还在激动不已，眼睛直愣愣地盯住她。

“好吧，”她说，“把东西都放在小茶几上，移到床前，我们自斟自吃。你已经熬了三个晚上，一定很困了，你去歇歇吧。我什么都不需要了。”

“要把门锁上两重锁吗？”

“我想要的！特别要吩咐一下，明天中午以前，不要放任何人进来。”

十二

清早五点钟，当晨曦开始透过窗帘的时候，玛格丽特对我说：

“请原谅，我要赶你走了，不过必须这样。公爵每天早上都要来。他来的时候，佣人会对他说，我还在睡觉，说不定他要等我醒来。”

我把玛格丽特脑袋托在手上，她散乱的头发垂落下来，我最后给了她一吻，对她说：

“我什么时候再同你见面？”

“听着，”她回答，“拿上放在壁炉上那把金色的小钥匙，去打开这扇门，再把钥匙拿回来，然后你走吧。白天你会收到我的一封信和我的吩咐，因为你知道，你应该盲目地服从。”

“是的，不过，如果我先提出要件东西呢？”

“究竟要什么？”

“请将这把钥匙给我。”

“你问我要的东西，我从来没有答应给过别人。”

“那么，就答应给我吧，因为我向你发誓，我呀，我爱你跟别人的爱法不一样。”

“好吧，你留下吧，但是我有言在先，这把钥匙对你是不是有用，完全取决于我。”

“为什么？”

“门里还有插销。”

“真可恶！”

“我会叫人把插销取下来。”

“这么说，你有点儿爱我啰？”

“我不知道是怎么一回事，但是我觉得确实如此。现在你走吧，我困极了。”

我们紧紧地拥抱了一会儿，然后我离开了。

街上空空荡荡，这座大城市还在酣睡之中，这些街区掠过一阵阵沁人心脾的凉风，再过几个小时，眼看就要人声嘈杂了。

我觉得这座沉睡未醒的城市是属于我的。我在记忆中搜索，至今我嫉羡过的有桃花运的人名，我想不出有哪一个比我当下更加有艳福。

得到一个圣洁少女的爱，第一个向她披露爱情的奥秘，当然，这是无上的幸福，但是，这是世上最普通不过的事。赢得一颗没有领略过情人进攻的心，这等于进入一个开放的、没有设防的城市。教育、责任感和家庭都是非常机警的哨兵，不过，警惕性再高的哨兵，都要受二八年华的少女之骗，造化通过她心爱的男子的声音，对她提出初恋的主意，这些主意越是显得纯洁无邪，它们就越是来势汹汹。

少女越是相信人们善良，就越容易失身，如果不是失身于情人的话，至少是沉湎于爱情。因为她毫不怀疑，就等于丧失了力量。得到这样一个少女的爱情，虽说是一个胜利，但这种胜利凡是二十五岁的男子都唾手可得。这是千真万确的，因此，请看这些少女周围真是草木皆兵，戒备森严！修道院的围墙还不够高，母亲们的锁还不够结实，宗教规定的责任还不够持久，这些都不足以把这些迷人的小鸟关在笼子里。人们甚至不用费劲地向笼子投掷鲜花，去引诱小鸟。因此，这些少女该是多么向往别人遮盖住的世界啊！她们该是多么相信这个世界是引人入胜的啊！当她们隔开铁栅，第一次听到有人向她们叙述爱情的奥秘时，她们该是多么凝神屏息啊！对于首先揭开神秘纱幕一角的那只手，她们该是怎样给它祝福啊！

但是要真正地得到一个妓女的爱情，那是困难得多的胜利。她们的肉欲腐蚀了灵魂，感官灼伤了心灵，放荡排除了多愁善感。别人对她们说的话，她们早已听腻了；别人使用的手段，她们十分熟悉；她们使人产生的爱情本身，她们已经出卖了。她们去爱是出于职业需要，而不是出于冲动。她们防范周密是出于算计，胜过一个处女被她的母亲和修道院严加看管。因此，她们把那些不作交易的爱情叫作逢场作戏；她们不时地过过瘾，当作休憩，当作借口，或者当作安慰。她们活像那些高利贷者，他们盘剥了成百上千的人，只要有一天借了二十法郎给一个快要饿死的穷鬼，不要他付利息，也不要他写借据，就自以为赎清前愆了。

再有，当天主允许一个妓女萌生爱情的时候，这种爱情起初似乎是一种宽恕，后来几乎总是变成对她的惩罚。没有忏悔就谈不上赦罪。一个女人要对自己的往昔深自谴责，突然觉得自己产生了深沉的、真诚的、不能遏止的爱情。她从来认为自己不可能有的爱情，当她把它坦露出来的时候，她的意中人就会左右她！他自以为了不起，拥有对她这样讲的残酷的权利：“您为爱情所做的，跟您为金钱所做的一模一样。”

这时候，她们真不知道怎样来表明自己的心迹。有一则寓言写道：一个孩子想打搅农夫，在地里长时间叫喊：“救命啊！”这样来闹着玩。有一天，一头熊果然把他吞掉了，而那些常常受骗的农夫这次不相信他真正的呼救声。这就像那些可怜的妓女认真地恋爱的时候一样。她们说谎次数太多，以致别人不再相信她们了，于是她悔恨莫及，被爱情销蚀掉。

由此产生忠贞不贰、认真从良的妓女，这种情况已经不乏先例。

但是，只要激起这种赎罪的爱情的男子有一颗宽宏的心，愿意接受她，而不去回忆她的往昔；只要他投身于爱情中，总之，只要他像得到她的爱那样去爱，这个人就一下子享尽人间所有的激情。经历了这次爱情，他的心扉便对别的人合闭上了。

这些想法并不是在我回家那天早上萦回于我脑海里的。它们可能只是我稍后的一些遭遇的预感，虽然我爱上了玛格丽特，却看不出相似的后果。今天我才做出这些思考。一切都已无可挽回地结束了，这些思考自然而然来自发生过的事。

还是言归正传，回到这次交往的第一天来吧。我回家以后，真是欣喜若狂。想到我假设的在玛格丽特和我之间竖起的障碍已经消失，想到我已经得到她，想到我在她的脑子里占有一定的地位，想到我的口袋里有她家的钥匙，而且我有权利使用这把钥匙，我对生活心满意足，踌躇满志，我热爱赐给我这一切的天主。

一天，一个年轻人走过一条街，他同一个女人擦肩而过，他望了望她，回转身走了。这个女人他不认识。她有自己的快乐、烦恼、爱情，跟他毫不相干。对她来说，他不存在。如果他跟她搭讪，她也许会像玛格丽特对待我那样嘲弄他。几个星期，几个月，几年，一晃而过，突然，正当他们各自按不同的方向随着命运往前的时候，机缘凑巧，他们面对面相会了。这个女人爱上了他，成了这个男子的情妇。这怎么回事？又是为什么？他们两人的生活合而为一。一旦他们如胶似漆，这种关系便好似始终存在一样，一切往事都从两个情人的记忆中消失了。我们承认这是不可思议的。

至于我呢，我再也记不清昨夜以前我是怎样生活过来的。想起第一夜交谈的话，我全身快乐得热血沸腾。要么玛格丽特善于骗人，要么她对我有一股突如其来的激情，这种激情在第一次接吻以后就显示出来了。尽管如此，有时候它又会消失，正像它产生时那样。

我越思索越觉得玛格丽特没有任何理由假装爱我，其实她并没有爱情。我还想，女人有两种恋爱方式，这两种方式可以互为因果：女人要么用心灵去爱，要么用感官去爱。往往女人挑上一个情人，只是为了听从感官的愿望，而且她出乎意料地知道了非肉欲爱情的奥秘，只靠爱情来生活。一个少女通常只在婚姻中寻找双方纯洁爱情的结合，后来才获得肉欲爱情的突然显现，也就是心灵最圣洁的感受产生的有力结果。

我在思索中入睡了。玛格丽特的来信把我唤醒，信里写着这样几句话：

这是我的吩咐：今天晚上在沃德维尔剧院见面。在第三次幕间休息时来找我。

玛·戈

我把这封短笺锁在抽屉里。我有时很多疑，万一发生什么情况，我手里可以有真凭实据。

她没有叫我白天去看她，我不敢到她家里去，但是我实在想在傍晚之前见到她，于是我来到香榭丽舍大街。同昨天一样，我在那里看到她经过，并从马车上下来。

七点钟，我来到沃德维尔剧院。我从来没有这样早赶到剧院。

所有包厢相继地坐满了人。只有一个包厢是空着的，底层舞台旁边那个包厢。

第三幕开始的时候，我听见那个包厢有开门的声音，我的眼睛几乎不断地盯住那个包厢。玛格丽特出现了。

她随即走到包厢前面，在正厅前座搜索着，看到了我，用目光向我表示感谢。

这天晚上她美若天仙。

她是为了我才盛装艳服的吗？难道她非常爱我，认为我愈觉得她漂亮，我就愈幸福吗？这一点我还不知道。但是，如果她的想法确实是这样的话，她就成功了。因为她一露面，观众的脑袋便起伏不定，纷纷向她转过去，连舞台上的演员也望着她，因为她一出现就使观众倾倒。

而我却揣着这个女人家里的钥匙，再过三四小时，她又将属于我了。

人们谴责那些为了女伶和受供养的女人而倾家荡产的人，使我惊奇的是，他们怎么没有为这些女人做出荒唐得多的事。必须像我一样，经历过这种生活，才能了解到，她们每天都允许情人有细小的虚荣心，这种虚荣心强有力地联结着情人心中对她们的爱情——因为我们找不到别的字眼。

随后，普吕珰丝也在包厢落座，还有一个男人，我认出是德·G伯爵，坐在包厢后面。

看到他，一阵冰凉掠过我的心房。

不消说，玛格丽特发觉了这个男人出现在她的包厢，对我产生了影响，因为她又对我笑了笑，然后背对着伯爵，好像在专心致志地看戏一样。到了第三次幕间休息时，她回过身去，说了两句话，伯爵离开了包厢，于是玛格丽特做手势要我过去看她。

“晚安。”我进去时她对我说，向我伸出了手。

“晚安。”我同时对玛格丽特和普吕珰丝说。

“请坐。”

“我占了别人的座位了。难道德·G伯爵不回来了吗？”

“要回来的。我打发他去买糖果，好让我们单独聊一会儿。杜韦努瓦太太是靠得住的。”

“不错，我的孩子们，”杜韦努瓦太太说，“放心吧，我会守口如瓶。”

“今天晚上您怎么啦？”玛格丽特说，她站起来，走到包厢的暗处，抱吻我的额角。

“我有点儿不舒服。”

“您应该去睡觉。”她说，那嘲讽的神态跟她聪明乖巧的脑袋非常相配。

“睡在哪里？”

“睡在您家里。”

“您明明知道我在家里睡不着觉。”

“那么您不要因为看见有个男人在我的包厢里，就来给我脸色看。”

“不是为了这个原因。”

“恰恰相反，我看出来了，而您是做错了。因此，我们撇开这个不谈吧。散场后您到普吕玿丝家里去，一直待到我叫您。您听明白了吗？”

“听明白了。”

我还能不服从吗？

“您始终爱我吗？”她问。

“瞧您问的。”

“您想我了吗？”

“整天想。”

“您知道我确实担心爱上了您吗？还是去问普吕玿丝吧。”

“啊！”胖姑娘回答，“真是叫人烦死了。”

“现在，您回到自己的座位上去。伯爵快要回来了，没有必要让他在这里碰见您。”

“为什么？”

“因为您看见他心里会不痛快。”

“不，不过，要是您早跟我说，今天晚上想到沃德维尔剧院来，我也会像他一样，把这个包厢的票子给您送去的。”

“可惜的是，我没有问他要票，他就给我送来了，还提出要陪我一起来。您很清楚，我不能拒绝。我所能做的是，写信告诉您，我要上哪里去，让您能见到我。因为我自己也很乐意早些再见到您。既然您是这样来感谢我的，那我就要记住这次的教训啰。”

“是我错了，原谅我吧。”

“那就好，乖乖地回到您的座位上去，尤其不要再嫉妒了。”

她再次抱吻我，我走了出来。

在走廊里，我遇到回来的伯爵。我回到了自己的座位上。

总之，德·G伯爵在玛格丽特的包厢里出现，是最普通不过的事。他过去是她的情人，给她送来一张包厢票，陪她去看戏，这一切都是极其自然的事。既然我有一个像玛格丽特那样的姑娘做情妇，我就必须容忍她的习惯。

在晚上余下的时间里，我仍然觉得很不幸。看到普吕玛丝、伯爵和玛格丽特登上在剧院门口等候的敞篷四轮马车以后，我也闷闷不乐地走了。

但是，一刻钟以后，我便来到普吕玛丝家里。她刚好回来。

十三

“您来得几乎跟我们一样快。”普吕玬丝对我说。

“是的，”我不假思索地回答，“玛格丽特在哪里？”

“在她家里。”

“单独一个人吗？”

“跟德·G伯爵在一起。”

我在客厅里来回走着。

“喂，您怎么啦？”

“您以为我在这里等着德·G伯爵从玛格丽特家里出来，这很有趣吗？”

“您也太不讲情理了。要知道玛格丽特不能把伯爵撵出门去。德·G先生跟她来往已经很久，他给过她很多钱，他眼下还在给她钱。玛格丽特每年要花费十万法郎以上，她欠了许多债。只要她开口，公爵便给她送钱来。但是她不敢老是要公爵负担全部开销。伯爵每年给她万把法郎，她不该同他闹翻。玛格丽特深深地爱着您，亲爱的朋友，但是您同她的关系，从你们俩的利益出发，不应该看得过于认真。您的七八千法郎生活费，是不够这个姑娘挥霍的，连维持她的车马费用都不够。还是让玛格丽特保持原样，把她看作一位聪明美丽的好姑娘，做她一两个月的情人，送给她鲜花、糖果和包厢票，其他的事您就不必操心啦，而且不要跟她争吵，滑稽可笑地争风吃醋。您很清楚是在跟谁打交道，玛格丽特不是什么贞洁女人。她很喜欢您，您也很爱她，其他的事您就不用担心了。我觉得您这样敏感易怒是很可爱的！您的情妇是巴黎最讨人喜欢的女人！她在富丽堂皇的公寓里接待您。她满身珠光宝气，只要您愿意，她并不要您花一个铜子儿，而您还不高兴呢。真见鬼！您太苛求了。”

“您说得对，但是我身不由己，想到这个人是她的情夫，我就难受得要命。”

“首先，”普吕玿丝又说，“眼下他还是她的情夫吗？这个人她用得着，如此而已。

“两天以来，她把他拒之门外，今天早上他来过，她没有别的办法，只得接受他的包厢票，让他陪伴去看戏。他把她送回家，上楼到她家里坐一会儿，他不会留在那里，因为您在这儿等着。我觉得这一切都是情理中事。再说，您不是也容忍得了公爵吗？”

“是的，但公爵是个老头，我肯定玛格丽特不是他的情妇。况且，一般人能够容忍有一种这样的关系，却不能容忍两种。这样随随便便太像一种算计，同意这样做的男人，即使是出于爱情，也近乎更低阶层用这种默许方式得利的人。”

“啊！亲爱的，您真是老脑筋！我见过多少人，而且还是些最高贵、最潇洒、最富有的人，他们都在做我劝您做的事。况且这样做又不费力气，不必羞耻，不用内疚！这种事司空见惯。在巴黎，受人供养的女人不是同时有三四个情人，您叫她们怎样维持豪华的排场呢？不管谁的家产有多么大，他也无法独力承担像玛格丽特那样一个姑娘的花费。每年有五十万法郎的收入，在法国就是一个大财主了。喂，亲爱的朋友，有五十万法郎年收入还是应付不了，这是因为：一个有这样一笔进款的男人，总有一座设备齐全的住宅、一些马匹、仆役、马车，还要打猎，应酬朋友；他往往结了婚，有几个孩子，要赛马、赌钱、旅行，谁知道他还要干些什么！所有这些生活习惯已经根深蒂固，一旦改变，别人就会以为他破产了，流言就不胫而走。屈指算来，即使每年有五十万法郎收入，他花在一个女人身上的钱一年不能超过四五万法郎，而且这已经够多了。那么，这个女人就需要别的情人来弥补她每年的开支。玛格丽特还要更舒服，像上天显灵一样，她不期遇上一个有一千万家产的老头，他的妻子和女儿已经故世，只剩下侄子外甥，他们也很有钱。他对玛格丽特有求必应，用不着回报，但是她也不能每年问他要七万法郎以上，尽管他的钱财可以车载斗量，而且对她十分痴迷，但他还是会拒绝她的要求。

"在巴黎，凡是一年只有两三万法郎收入的年轻人，就是说他们勉强能生活在他们光顾的上流社会里，如果他们做了像玛格丽特那样的女人的情夫，他们很清楚，他们所出的钱，还不够付她的房租和佣人的工资。他们不会对她说他们知道这种情况。他们假装视而不见，他们玩够了以后，就一走了之。如果他们虚荣心重，要负担一切开支，他们就会像傻瓜一样倾家荡产，会在巴黎留下十万法郎的债，跑到非洲去送掉性命。您认为那个女人会感激他们吗？丝毫不会。相反，她会说她为他们牺牲了自己的身份，还说在他们相好的时候，她反而倒贴了钱。啊！您感到这些婆婆妈妈的说法很可耻，是吗？这些都是实有其事的。您是一个迷人的小伙子，我真心实意地喜欢您，二十年来我生活在受人供养的女人中间，我知道她们是怎样的人，身价如何，我不愿意看到您把一个漂亮姑娘的逢场作戏当成煞有介事。

“再说，除此以外，”普吕玛丝继续说，“假设公爵发现了你们的私情，便要她在您和他之间选择。玛格丽特非常爱您，会放弃伯爵和公爵，那么她为您做出的牺牲太大了，这是无可否认的。您呀，您能为她做出同样的牺牲吗？当您感到厌烦了，终于不再需要她的时候，您怎样来赔偿她为您蒙受的损失呢？什么也不赔偿。您会让她孤立于她的圈子，而本来她的财产和她的前途都在那里。她可能把她的青春年华给了您，而您却把她遗忘了。要么您是一个粗俗的男人，那么您就翻出她的过去，当面侮辱她。您会对她说，您离开她只不过像她的其他情人那样做，您会把她扔在悲惨的境地而撒手不管。要么您是一个正人君子，您认为不得不把她留在身边，那您就会陷入不可避免的不幸处境。因为这种关系对年轻人来说是可以原谅的，而对成年人来说就不一样了。客观存在变成了做每件事的障碍，这不容于家庭，也使您失去雄心壮志，这种男人的第二次，也是最后一次爱情就是这样。因此，请相信我的话，我的朋友，要按事物的本来价值来衡量它们，要如实地对待女人，无论在哪一方面，也不要让自己去欠一个受人供养的姑娘的情分。”

这番话议论精当，逻辑性强，我没有料到普吕玛丝有如此能耐。我无言以对，只是觉得她言之有理。我把手伸给她，感谢她给我的忠告。

“得了，得了，”她对我说，“替我撵走这些蹩脚的大道理吧，而且付之一笑。生活是美好的，亲爱的，就看你透过什么玻璃去观察人生。嗨，去问问您的朋友加斯东吧。这儿就有一位，他给我的印象是，他像我一样理解爱情。您总该相信的是，隔壁有一个漂亮的姑娘，正在急不可待地等着家里的客人离开，她惦记着您，要和您共度良宵。她爱您，我深信无疑，您不信的话，就会变成一个平庸乏味的小伙子。现在，您过来跟我一起站在窗口，我们看着伯爵离开，他不会迟迟不给我们让位的。”

普吕玚丝打开一扇窗子，我们并排倚在阳台上。她望着寥若晨星的行人，我呢，则陷入遐想。

她对我说的一番话，在我脑子里嗡嗡作响。我不能不承认，她说得有理。但是我对玛格丽特的一片真情很难同这番道理相适应。因此，我不时地长吁短叹，使得普吕玚丝回过身来，像一个对病人束手无策的医生那样耸耸肩膀。

“由于感受倏忽即逝，”我思忖，“人们发现生命该是多么短促啊！我认识玛格丽特只有两天，从昨天开始她才是我的情妇，但她已经深深地铭刻在我的脑子、我的心和我的生命里，以致这位德·G伯爵的拜访对我简直是一个不幸。”

伯爵终于出来了，他登上自己的马车，走得无影无踪。普吕玚丝关上窗子。

与此同时，玛格丽特在叫我们。

“快来吧，已经摆好餐具了，”她说，“我们马上吃夜宵。”

我走进玛格丽特家里的时候，她向我奔过来，搂住我的脖子，使劲地吻我。

“我们总是怏怏不乐吗？”她对我说。

“不，过去了，”普吕当丝回答，“我给他讲了一通道理，他答应要听话了。”

“那好极了！”

我不由自主地把目光投到床上，床没有凌乱不堪，至于玛格丽特，她已经穿上白色浴衣。

大家入席。

妩媚、温柔、外露，玛格丽特样样兼而有之。我不得不时时承认，我没有权利再向她苛求别的了。许多人处在我的地位会感到幸福，我就像维吉尔[①]笔下的牧童一样，只消享受一位天神，或者不如说一位女神给我的快乐。

我竭力把普吕当丝的大道理付诸实行，而且像我的两个女伴一样兴高采烈，但是，在她们身上是自然的东西，在我身上却要做出努力。我那神经质的笑声几乎像哭一样，她们却信以为真。

夜宵终于吃完了，最后剩下我们两个人。她像往常的习惯那样，走去坐在炉火前的地毯上，若有所思地望着炉火。

她在沉思凝想！想什么呢？我不得而知。我呀，我含情脉脉地、几乎还带着恐惧地凝视她，因为我想到自己准备为她忍受的痛苦。

---

① 维吉尔（前70—前19），古罗马诗人，著有《牧歌》《农事诗》《埃涅阿斯纪》，后一部是欧洲第一部文人写作的杰出史诗。

“您知道我在想什么吗？”

“不知道。”

“我在想对策，我想出来了。”

“是什么对策？”

“我还不能告诉您，但是我可以对您说出会有什么结果。那就是再过一个月我便可以自由自在了，我什么都不要，我们可以一起到乡下避暑去。”

“您就不能告诉我用的是什么办法吗？”

“不能，只要您能像我爱您一样地爱我，一切便大功告成。”

“那么您是单独一人找到这个办法的吗？”

“是的。”

“而且您单独实施吗？”

“由我一个人来承受烦恼，”玛格丽特微笑着对我说，我永远不会忘记她的笑容，“但是我们有福同享。”

听到“有福同享”几个字，我不由得脸红了，我想起玛依·莱斯科同德·格里厄一起，吞没了德·B先生的钱财。

我站起来，用有点生硬的语气回答：

“亲爱的玛格丽特，请您允许我设想出一些办法，并参与其中，然后才有福同享。”

“这是什么意思？”

“意思是说，我非常怀疑，德·G伯爵先生在这个巧妙的办法里是您的合伙人，我既不承担这个办法的责任，也不接受它的好处。”

“您真是个孩子。我还以为您一直爱我，我搞错了，那么好吧。”

说到这里，她站起身来，打开钢琴，开始弹奏《邀舞曲》，直到她总是弹不下去的那段升半调为止。

这是出于习惯呢，还是让我回想起我们相识那一天？我所知道的，就是这段旋律使我想起了往事。我走近她，双手捧住她的脸吻她。

“您原谅我吗？”我对她说。

“您看得很清楚嘛，”她回答我，“请注意，我们来往才第二天，而我已经有些事要原谅您了。您答应过要盲目服从，却不能兑现。”

“您叫我有什么办法呢，玛格丽特，我太爱您了，我对您的细小念头都要猜疑。您刚才向我提出的计划使我欣喜若狂，但执行之前这样神秘兮兮的，又使我的心都揪紧了。”

“喂，理智一点，”她又说，同时握住我的双手，带着使我无法抗拒的迷人微笑，注视着我，“您爱我，不是吗？您只同我在乡下度过三四个月，会感到很幸福，我也一样，能过只有两人的清静生活，也会感到幸福。我不但会感到幸福，而且为我的身体着想，我也需要这种清静。要离开巴黎这样长的时间，我不能不料理好我的事。像我这样一个女人，杂事总是很多的。好，我找到了办法来协调一切，协调我的事和我对您的爱情。是的，对您的爱情，您不要笑，我爱您真是发疯了！而您现在却神气，您只要记住我爱您，别的您不用管。同意吗，嗯？”

“凡是您想做的事，我都同意，您很清楚这一点。”

“那么，一个月之内，我们到某个村庄去，在河边散步，喝上鲜奶。我，玛格丽特·戈蒂埃说这样的话，您觉得很古怪吧？原因在于，我的朋友，巴黎的这种生活看起来使我十分幸福，却燃烧不起我的热情，反而使我厌烦。于是我突然渴望过上更加平静的生活，这种生活会使我想起我的童年。无论谁总有一个童年时代，不管他后来变成什么样。噢！放心吧，我不会告诉您，我是一个退役上校的女儿，我是在圣德尼[1]培养长大的。我是一个穷苦的乡下姑娘，六年前我还不会写自己的名字。您放心了吧，是吗？我对人说出要分享我心中产生激情的快乐，为什么您是听到这句话的第一个人呢？毫无疑问，因为我看出您爱我是为了我，不是为了您自己。而别人爱我从来只是为了他们自己。

“我以前时常到乡下去，但从来不是我很想去。对这得来不费工夫的幸福，我就指望着您了。因此，不要闹别扭了，给我这幸福吧。要这样想：‘她不会活到老的，她要求我做的第一件事要办到是那么轻而易举，我不答应她，有朝一日我会后悔莫及的。’”

对这样恳切的话我还有什么好说呢？尤其是我还在回味第一夜的恩爱，盼望着第二夜来临。

一小时以后，我把玛格丽特搂在怀里，即使她要我犯罪，我也会唯命是从。

早晨六点钟我就离开，离开之前我对她说：

“今晚再见面？”

她更热烈地抱吻我，但是一声不吭。

白天，我收到一封信，信中写道：

亲爱的孩子，我有点儿不舒服，医生吩咐我休息。今晚我要早睡，同您不见面了。但是，为了给您补偿，明天中午我

---

① 圣德尼，巴黎北部的村子，那里有座建于十八世纪的修道院，从1809年起，设有荣誉勋位团办的学校。

等您。我爱您。

我第一句话是:“她骗我!”

我的额角沁出一阵冷汗,因为我已经太爱这个女人,所以这个疑团使我心烦意乱。

但是,我本该预料到,跟玛格丽特在一起,几乎天天都会遇到这种事。以前我和别的情人之间也经常出现这种情况,我并没有过多放在心上。这个女人对我的生活怎么会有这样大的支配力呢?

于是我想如同往常一样去看她,因为我有她家的钥匙。这样我会很快知道真相,如果我碰到一个男人的话,我就掴他的耳光。

我暂且先去香榭丽舍大街,在那里待了四个小时。她没有出现。晚上,凡是她常去的剧院我都进去了。哪一家剧院她都不在。

十一点钟,我前往昂坦街。

玛格丽特家的窗子没有灯光。我还是拉了门铃。

门房问我找哪一家。

“找戈蒂埃小姐。”我对他说。

“她没有回来。”

“我上楼去等她。”

“她家里没有人。”

显然,这是一道禁令,但我可以闯进去,因为我有钥匙,不过我担心这样做会可笑地大闹一场,于是我走了。

只是我没有回家,我不能离开这条街,我始终监视着玛格丽特的家。我觉得还要打听一些情况,或者至少要让我的猜疑得到证实。

将近午夜，一辆我非常熟悉的双座四轮轿式马车停在九号附近。

德·G伯爵下了车，把马车打发走以后，走进房子。

一时间我希望门房像对我那样告诉他，玛格丽特不在家，然后很快能看到他出来，可我一直等到凌晨四点钟。

三个星期以来，我寝食不安，但是我想，比起那一夜所受的煎熬，真是微不足道。

十四

回到家里以后，我像个孩子一样哭泣起来。哪怕受过一次欺骗的男人，都不会不知道我是多么痛苦难言。

人再激动也总是自信能支持得住。在激动中我下了决心，心想必须立刻斩断这种爱情。我急不可待地等待天明，去预订车票，回到我父亲和妹妹身边，他们双重的爱我是有把握的，他们绝不会欺骗我。

但是我不愿意一走了之，而不让玛格丽特知道我走掉的原因。一个男人，唯有跟他的情人恩断义绝以后，才会不辞而别。

我在脑子里翻来覆去思考怎样写一封信。

我打交道的这位姑娘同一切受人供养的姑娘相似，以前我大大美化她了，而她把我当小学生看待。为了欺骗我，要了一个拙劣得不像话的诡计，这是一目了然的。于是我的自尊心占了上风。必须离开这个女人，还不能让她知道这次决裂使我心碎肠断而自得其乐。我眼里噙着因狂怒和痛苦而涌出的泪水，用最挺秀的字体给她写了下面这封信：

亲爱的玛格丽特：

但愿您昨天身体微恙关系不大。昨晚十一点钟，我来打听过您的消息，回说您还没有回家。德·G先生比我幸运，因为不久他就来看您，直到凌晨四点钟，他还在您家里。

请原谅我使您度过难熬的时刻，但请确信，您赐给我的良宵我没齿不忘。

今天我本来要去打听您的消息，但是我打算回到我父亲身边。

再见，亲爱的玛格丽特。我还不够富有，可以随心所欲地爱您，却又不够贫穷，像您所希望的那样疼爱您。因此，您就忘掉一个您差不多不在乎的名字吧，而我则忘掉无法实现的幸福。

我奉还您的钥匙，我从来没有用过。如果您经常像昨天那样不舒服的话，这把钥匙会对您有用的。

您看到了，如果不肆无忌惮地挖苦一下，我是无法结束这封信的，这就证明我依然多么一往情深。

我把这封信反复看了十遍，想到这封信会令玛格丽特难受，才使我平静了一些。我竭力使自己鼓起勇气，摆出信里佯装出来的感情。八点钟，当我的仆人走进我的房间时，我把信交给他，让他马上送去。

“要等回信吗？”约瑟夫问我。我的仆人像所有的仆人一样，就叫约瑟夫。

“如果问你要不要回信，你就说你什么也不知道，但是你等等看。”

但愿她给我回信，我抓住这种希望不放。

我们这些人是多么可怜，多么软弱啊！

我的仆人出去的那段时间里，我的心情激动得无以复加。时而我想起玛格丽特怎样委身于我，我自问有什么权利给她写出这样一封肆无忌惮的信。她满可以回答我，不是德·G先生欺骗了我，而是我欺骗了德·G先生；许多女人为自己有几个情人，都是这样辩解的。时而我又想起了这个姑娘信誓旦旦，我就说服自己，我的信还写得过于温和，措辞还不够严厉，不足以使一个嘲弄我这样的真诚爱情的女人深感沮丧。随后，我又想，最好还是不给她写信，而是白天到她家去一次，这样，看到我使她热泪潸潸，我更感幸灾乐祸。

最后，我思量她会怎样答复我，我已经准备接受她给我表示的歉意。

约瑟夫回来了。

“怎么样？”我问他。

“先生，”他回答说，“夫人在睡觉，还没有醒过来，不过，只要她打铃叫人，就会把信送给她。如果有回信，会送过来的。”

她还在睡觉哪！

有多少次我几乎要派人去取回这封信，但我总是这样想：

“说不定信已经交给她了，我会显得后悔做错事似的。”

她果真给我回信的时刻越是接近，我越是后悔写了信。

十点钟、十一点钟、十二点钟都敲过了。

十二点钟，我正要赴约会，仿佛什么事也没有发生过似的。总之，我只会去设想怎样摆脱箍紧我的铁圈。

这时候，我像翘首盼望的人那样有种迷信，以为如果我出去一会儿，回来时就会看到回信。望眼欲穿的回信总是在收信人离开时送到的。

我借口吃中饭，出去了。

我平时习惯在街角的富瓦咖啡馆用午餐，今天我却没有去，而宁愿走过昂坦街，到王宫一带吃中饭。每当我远远地望见一个女人，就以为看见纳尼娜给我送回信来了。我走过昂坦街，连一个跑腿的人也没有碰见。我到了王宫附近，走进韦里餐馆。伙计侍候我吃饭，或者不如说随他给我上菜，因为我没有吃东西。

我的眼睛不由自主地总是盯着挂钟。

我回家时深信会收到玛格丽特的一封信。

门房什么也没有收到。我还寄希望于信在我的仆人手里。但我出门后，他没有看见谁来过。

如果玛格丽特要给我回信，她早就会给我写信了。

于是，我开始后悔那封信的措辞了。我本该完全沉默，这样她可能感到不安而有所行动，因为她看到我昨天没有去赴约会，就会问我失约的原因，只有在这时我才该把原因告诉她。这样，她除了给自己辩解以外，不可能做别的事。而我所要的，就是她作辩解。我已经觉得，不论她提出什么辩解的理由，我都一概相信，只要能再见到她，我什么都愿意做。

我竟至于认为她会亲自登门拜访我，但是一小时又一小时过去，她并没有来。

玛格丽特的确与别的女人不同，因为很少有女人收到我写出的那样一封信以后，会不回复几句话。

五点钟，我赶到香榭丽舍大街。

“如果我遇到她的话，”我想，“我便装出一副无所谓的样子，那么她会相信我已经不再想她了。”

在王宫街的拐角上，我看见她坐着马车经过。这次相遇如此突如其来，我不禁脸色发白。我不知道她是不是看到我的激动，我呢，我张皇失措，只看到她的车子一掠而过。

我不再在香榭丽舍大街散步。我浏览剧院的海报，因为我还有机会看到她。

在王宫剧院有一次首场演出。不用说玛格丽特一定去观看。

七点钟，我来到剧院。所有的包厢都坐满了人，但是玛格丽特没有露面。

于是，我离开王宫剧院。凡是她经常去的剧院，我都跑遍了。她哪儿都不在。

要么我的信使她过于难受，她顾不上看戏了，要么她生怕跟我见面，免得作一番解释。

这就是我在大街上出于虚荣心引起的想法，这时，我碰到了加斯东，他问我从哪里来。

"从王宫剧院来。"

"我从歌剧院来，"他对我说，"我还以为能在那里见到您呢。"

"为什么？"

"因为玛格丽特在那里。"

"啊！她在那里吗？"

"是的。"

"单独一个人？"

"不，跟她的一个女友在一起。"

"没有别人吗？"

"德·G伯爵到她的包厢来过一会儿，她是跟公爵走的。我一直以为会看到您露面。我旁边有一个座位今晚始终空着，我还以为这个座位是您订下的呢。"

“玛格丽特所到之处，为什么我也要去呢？”

“因为您是她的情人嘛！”

“谁对您这样说的？”

“普吕玿丝，昨天我遇到了她。我祝贺您，亲爱的。这是一个漂亮情妇，不是谁想要都能到手的呀。管住她，她会使您脸上有光彩的。”

加斯东这个普通的想法，表明我那种动辄易怒是多么可笑。

如果我昨天遇到他，他又跟我讲这样的话，我准定不会写早上那封愚蠢的信。

我几乎要到普吕玿丝家里去，叫她告诉玛格丽特，我有话要对玛格丽特说，但是我担心她为了报复，回说她不能接待我。于是我经过昂坦街回到了家里。

我再问门房，有没有给我的信。根本没有！

她说不定想看看，我会要什么新花招，我是不是要收回今天的信，我躺在床上这样想，但是看到我不给她写信，明天她会写信给我的。

尤其那天晚上，我对自己的所作所为追悔莫及。我在家里孤苦伶仃，夜不成寐，焦躁不安，妒火中烧。想当初如果听任事情自然发展的话，此刻我大概偎依在玛格丽特身边，倾听她的缠绵情话，至今我只听过两次，我在寂寞之中，感到这些话使我耳朵发热。

就我的处境而言，我觉得可怕的是理智告诉我错了；事实上，一切向我表明，玛格丽特爱我。首先，她准备跟我单独到乡下避暑。其次，可以相信，没有什么因素会迫使她做我的情妇，因为我的财产应付不了她的需要，甚至满足不了她一时的爱好。因此，她只有希望在我身上找到真诚的爱情；她生活在交易的爱情之中，这种真诚的爱情能使她得到休憩。但是我在第二天就摧毁了这种希望，我度过两夜良宵，却换之以刻毒的嘲讽。所以，我的所作所为不仅可笑之极，而且很粗暴。我又没有付过这个女人一个铜板，哪有权利责备她的生活呢？我第二天就溜之大吉，难道这不像一个情场上吃白食的，生怕别人拿账单要他会钞吗？怎么啦！我认识玛格丽特才三十六小时，做她的情人才二十四小时，我就跟她老闹别扭；她能分身来爱我，我非但不知足，反而想独占一切，强迫她一下子斩断过去的关系，而这些关系是她今后的生活来源。我凭什么可以责备她呢？毫无凭据。她本来可以像某些泼辣粗俗的女人那样，直截了当地告诉我，她要接待一个情人，但是她却写信给我，说是她不舒服。我没有相信她信里的话，没有到巴黎的所有街道去溜达，除了昂坦街以外，我没有同朋友们一起去消磨这个晚上，到第二天她指定的时间再露面，而是扮演奥赛罗[①]的角色，我窥伺她的行动，自以为不再去看她是对她的惩罚。但是正好相反，她大概会为这样分手感到高兴，她一定感到我是个大笨蛋。她的沉默甚至谈不上是怨恨，这是蔑视。

那么我本该给玛格丽特送一件礼物，不让她怀疑我的慷慨大度，而且把她看成一个受人供养的姑娘，这样我就可以自以为跟

① 奥赛罗，莎士比亚的同名悲剧中的主人公，性格爱嫉妒、多疑。

她清账了。但是，只要有一点交易的痕迹，我就认为是亵渎了我们的爱情，如果不是她对我的爱情，至少是我对她的爱情。因为这爱情是那么纯洁，容不得他人染指，不管礼物多么贵重，也不能用它来偿付得到的幸福，无论这幸福是何等短暂。

这就是我在夜里翻来覆去的想法，我随时都准备去讲给玛格丽特听。

正如您所理解的，必须采取果断的决定，要么跟这个女人一刀两断，要么不再疑神疑鬼，假如她还同意接待我的话。

但是，您知道，人总是要迟疑不决，然后才做出果断的决定。因此，我在家里待不下去，又不敢到玛格丽特那里去，我便试图找出办法去接近她，一旦成功的话，就推说是出于偶然，我的自尊心也能保住了。

当时是九点钟，我赶到普吕玛丝家里，她问我一清早来找她有什么事。

我不敢把我的来意直率地告诉她。我回答说，我一大早出门是为了预订去 C 城的公共马车座位，我的父亲住在那里。

“您能在这种风和日丽的天气离开巴黎，”她对我说，“真是大好事。”

我望着普吕玛丝，寻思她是不是在讽刺我，但是她的脸是一本正经的。

“您去跟玛格丽特告别吗？”她始终严肃地问道。

“不。”

“您做得对。”

“您这样认为吗？”

“当然啦。既然您跟她决裂了，何必再去看她呢？”

“这么说，您知道我们决裂了？”

“她把您的信给我看了。”

“她对您说了些什么？”

“她对我说：‘亲爱的普吕玿丝，您说他好话的那一位真不懂礼貌：这种信只能在心里想想，但不该写出来呀。’”

“她用什么语气对您说的？”

“是笑着说的，她还说：‘他在我家里吃过两次夜宵，他甚至连礼节性的回访也没有做过呢。’”

我的信和我的嫉妒产生的结果就是这样。我的爱情自尊心受到无情的羞辱。

“昨天晚上她干什么去了？”

“她上歌剧院了。”

“这我知道。后来呢？”

“她在家里吃夜宵。”

“单独一人吗？”

“我想，同德·G伯爵一起吧。”

这样说来，我同玛格丽特的决裂，丝毫没有改变她的习惯。

遇到这种情况，有些人会对您说：

“不必再想这个不爱您的女人了。”

“好呀，我很高兴地看到，玛格丽特没有为我抑郁寡欢。”我勉强地装出笑容说。

“她非常有理。您做了本该做的事，您比她更理智些，因为这个姑娘爱您，她不断地提到您，而且会做出蠢事来。”

“既然她爱我，为什么她不给我回信呢？”

“因为她已经明白过来，她不该爱您。再说，女人有时容许别人玩弄她们的爱情，却绝不允许别人伤害她们的自尊心。尤其是一个人做了她两天的情人就离开她，那么无论给决裂摆出什么原因，总是要伤害一个女人的自尊心的。我了解玛格丽特，她宁死也不肯给您回信。”

“那么我该怎么办呢？”

“就此拉倒。她会忘掉您，您会忘掉她，你们彼此都没有什么可责备的。”

“如果我给她写信，请求她原谅呢？”

“千万不要这样做，她会原谅您的。”

我差一点要扑上去搂住普吕珰丝的脖子。

一刻钟以后，我回到家里，给玛格丽特写了这封信：

> 有个人对他昨天写的信悔恨万分，如果您不原谅他，明天他就要离开巴黎。他想知道什么时候可以拜倒在您的脚下，呈上他的悔恨之心。
>
> 什么时候他可以单独见到您呢？因为您知道，做忏悔的时候是不该有旁观者在场的。

我把这篇用散文写的情诗折好，叫约瑟夫送去。他把信交给了玛格丽特本人，她回答说，她要晚一点回信。

我只出去一会儿，为了吃晚饭，但到晚上十一点钟，我还没有收到回信。

于是我决心不能再受煎熬了，我决意明天就动身。

由于下了这个决心，我深知即使躺在床上，我也睡不着觉，我便开始打点行李。

十五

约瑟夫和我，我们为我的动身做准备，忙了将近一小时，这时，有人猛拉我家的门铃。

“要开门吗？”约瑟夫问我。

“开门吧。”我对他说，一面寻思谁会在这种时候来我家，而且不敢相信会是玛格丽特。

“先生，”约瑟夫回来对我说，“是两位太太。”

“是我们，阿尔芒。”一个声音对我嚷道，我听出是普吕玿丝的嗓音。

我走出卧室。

普吕玿丝站着，在观赏我的客厅里的几件古玩。玛格丽特坐在长沙发上沉思默想。

我走进客厅以后，径直向她走去，双膝下跪，握住她的双手，异常激动地对她说：“原谅我吧。”

她抱吻我的额角，对

我说：

“我已经原谅过您三次了。”

“我明天就要走了。”

“我来拜访您，怎样才能改变您的决定呢？我不是来阻止您离开巴黎的。我现在来是因为白天我没有时间给您回信，我又不愿意让您以为我在生您的气。普吕玛丝还不让我来呢，她说我兴许会打扰您。”

“您，打扰我，您，玛格丽特！怎么会呢？”

“当然啰！您家里可能有个女人，”普吕玛丝回答，“她看到又来了两个女的，那可不是好玩的。”

在普吕玛丝发表这个见解时，玛格丽特聚精会神地在端详着我。

“亲爱的普吕玛丝，”我回答，“您在胡说些什么。”

“您的公寓很不错嘛，”普吕玛丝回嘴说，“可以看看卧室吗？”

“可以。”

普吕玛丝走进我的卧室，倒不是要参观一下，而是想弥补刚才说出的蠢话，并且留下玛格丽特和我单独在一起。

“为什么您把普吕玛丝带来呢？”于是我问玛格丽特。

“因为她陪我去看戏，再说离开这里时，我也要有人陪伴我。”

“不是有我在这儿吗？”

“是的，但是，除了我不想麻烦您以外，我敢肯定，若到了我家门口，您准会向我要求上楼到我家去。由于我不能同意，我不愿意您离开时有权责备我拒绝您。”

“那么，您为什么不能接待我呢？”

“因为我受到严密监视，稍有怀疑就会给我造成莫大的损害。”

“仅仅是这个原因吗？”

“如果有别的原因，我会对您说的。我们彼此之间不应该保守秘密。”

“咦，玛格丽特，我不愿意拐弯抹角地跟您说话。直说吧，您有些爱我吗？”

“非常爱您。”

“那么，为什么您欺骗我？”

“我的朋友，如果我是某某公爵夫人，如果我有二十万利弗尔[①]的年收入，那么无论我是您的情妇，还是除了您以外我又有一个情人，您都有权利问我，为什么我欺骗您。但我是玛格丽特·戈蒂埃小姐，我有四万法郎的债，没有一丁点儿财产，而且我每年要花费十万法郎。因此您的问题就变得毫无意义，而我的回答也是多余的。”

“不错，”我说，让头靠在玛格丽特的膝盖上，“但是我呢，我爱您爱得发疯。”

“那么，我的朋友，必须少爱我一些，或者多理解我一些。您的信使我非常难过。如果我是自由的，首先我前天就不会接待伯爵，即使接待了他，我也会来请求您原谅，就像您刚才请求我原谅一样。而且以后除了您以外，我不会有别的情人。有一阵子我以为自己能得到半年的幸福，您却不愿意这样做，您坚持要知道用什么方法，唉！天哪，方法很容易猜得着。我采取这些方法时做出的牺牲，比您想象的还要大。我本来可以对您说：‘我需要两万法郎。您钟情于我，您会筹划到的，但后果是以后您会责备我。我宁愿一点儿不欠您的情。您不理解我的体贴，因为这是我的一

① 利弗尔，法国旧日的记账货币，约等于一法郎。

番苦心。我们这些女人，当我们还有一点良心的时候，我们说话做事都别有深意，别的女人是一无所知的。因此，我对您再说一遍，玛格丽特·戈蒂埃找到还债的方法，不向您要钱，这是一种体贴，您本该闷声不响地利用才是。如果您直到今天才了解我，那么您会对我答应您的事感到非常幸福，您也就不会盘问我前天做了什么事。有时候我们不得不牺牲肉体以换得心灵上的满足，但当这种满足离我们而去后，我们便格外痛苦。”

我赞赏地倾听和凝视着玛格丽特说话。我想，从前我只渴望亲吻一下这个绝代佳人的脚，如今她让我了解她的想法，并让我在她的生活中扮演一个角色，而我对她给我的这一切还不满意。我寻思，人的欲望有没有边际。我的欲望这样快就得到了满足，眼下又得寸进尺了。

“不错，”她接着说，“我们这些受命运摆布的女人，我们有着怪诞的愿望和匪夷所思的爱情。我们时而为了一样东西，时而又为了另一样东西以身相许。有些人为我们倾家荡产，却一无所得，还有一些人用一束鲜花就得到了我们。我们会心血来潮，这是我们仅有的消遣和唯一的托词。我委身于您比对任何男人都快，我可以向您起誓。这为什么？因为您看到我咯血时握住了我的手，因为您哭泣了，因为世间只有您真正想同情我。我要告诉您一件傻事：从前我有一只小狗，当我咳嗽的时候，它带着非常悲哀的神态望着我，这是我唯一爱过的生物。

“它死的时候，我哭得比母亲死去时还要伤心。不错，我挨了我母亲十二年的打骂。我这么快爱上了您，对我的狗也不过如此。如果男人们知道用眼泪可以换到什么，他们就会得到更多的爱，我们也不会这样好挥霍了。

“您的信暴露了您的真面目，向我透露了您并没有掌握心灵的全部奥妙。就我对您的爱情来说，不管您对我做了什么好事，可这封信对我造成的伤害却要大得多。不错，这是出于嫉妒，不过这种嫉妒很可笑，也很粗俗。当我接到这封信的时候，我已经忧心忡忡，我打算中午去看您同您共进午餐，只有看到您，才能最终抹去我对这件事持续不断的想法，而在认识您之前，这种事我根本不费什么心思。”

“再说，”玛格丽特继续讲下去，“只有在您面前，我才能马上明白，我可以自由思想，无所不谈。凡是围着像我一样的姑娘团团转的人，都喜欢对她们的一言一行寻根究底，并从她们毫无意义的行动中得出结论。我们自然没有什么朋友。我们只有自私的情人，他们并非像口头上所说的那样，为我们挥霍掉他们的家产，其实是为了他们的虚荣心。

“对这些人来说，当他们开心的时候，我们也非得快乐不可；当他们想吃夜宵的时候，我们必须身体健康；当他们疑心重重的时候，我们也要疑窦丛生。我们不允许有良心，否则就受到嘲骂，毁掉我们的声誉。

“我们不再属于自己。我们不再是人，而是物。他们讲自尊心的时候，我们排在前面；要他们尊敬的时候，我们却降到末座。我们有一些女友，但是她们都是像普吕玿丝那样的女友，她们以前也受人供养，如今还有挥霍的爱好，可是她们人老珠黄，不允许她们这样做了。于是她们变成了我们的朋友，或者不如说我们的食客。她们的友谊一直发展到奴颜婢膝的地步，但从来不会是无私的。她们总是给你出个捞钱的主意。只要她们能赚到衣裙或者一只手镯，能时不时坐上我们的马车出去逛逛，能坐在我们的包厢里看戏，我们再多上十个情人也不关她们的事。她们拿走我们隔日的花束，借用我们的开司米披肩。她们为我们效劳，哪怕是芥蒂小事，从来都要得到加倍的谢礼。那天晚上您目睹了，普吕珰丝给我捎来六千法郎，是我请她替我去问公爵要来的。她向我借去了五百法郎，她永远不会还给我这笔钱，要么她用帽子来偿还，这些帽子不会是从自己盒子里取出来的。

“因此，我们只能有，或者不如说我只能有一种幸福，像我这样一个有时抑郁寡欢，总在受病痛折磨的人，这种幸福就是找到一个地位相当高的人，他不来过问我的生活，而且是个重感情轻肉欲的情人。这个人，我在公爵身上找到了，但是公爵年事已高，而年迈的人既不能给人以保护，又不能给人以安慰。我原以为可以接受他给我安排的生活，但是您叫我有什么办法呢？我厌烦极了。既然要受折磨而死，那么投到大火里去烧死和用煤气来闷死是一模一样的。

“这时候，我遇到了您，您年轻、热情、活泼，我竭力使您成为我在表面热闹实际孤寂的生活中召唤的人。我在您身上所喜欢的，不是像您目前这样的人，而是指望以后应该成为的那样的人。可您不接受这个角色，认为与您不相配而拒绝，您是一个平庸的情人，那您就像别人一样行事吧，付钱给我，我们谈到这里为止。”

这长篇大论的表白使玛格丽特精疲力竭，她仰倒在长沙发椅背上，为了止住一阵轻微的咳嗽，她把手绢按在嘴唇上，一直蒙住眼睛。

“请原谅，请原谅，”我喃喃地说，“这一切我早就明白了，但是我愿意听您说出来，我亲爱的玛格丽特。让我们只记住一件事，把其余的置于脑后吧：这就是我们彼此相属，我们很年轻，我们相亲相爱。

“玛格丽特，随便您怎么处置我，我是您的奴隶，您的狗；但是看在上天的分儿上，把我写给您的信撕掉吧，别让我明天离开；我会郁闷而死的。”

玛格丽特从连衣裙的胸口里掏出我的信，交还给我，带着难以形容的温柔微笑对我说：

“看，我把信给您带来了。”

我撕碎了信，噙着泪水吻着她向我伸过来的手。

这当儿，普吕玛丝出来了。

“喂，普吕玛丝，您知道他要求我什么吗？”玛格丽特说。

“他要求您原谅。”

“正是这样。”

“那么您原谅了吗？”

“只得这样啦，但是他还得寸进尺。”

“他想怎么样？”

“他想同我们一起吃夜宵。”

“那么您同意了吗？”

“您看呢？”

“我看你们两个都是孩子，都没有头脑。我还认为我饥肠辘辘，您早一点同意，我们就早一点吃夜宵吧。”

“好吧，”玛格丽特说，“我们三个人挤在我的马车里。喂，”她转身对我又说，“纳尼娜说不定已睡下，您来开门，拿好我的钥匙，小心别丢掉了。”

我把玛格丽特搂得透不过气来。这当儿约瑟夫进来了。

“先生，”他沾沾自喜地对我说，“行李打点好了。”

“全打点好了吗？”

“是的，先生。”

“那么，都解开吧，我不走了。”

十六

我本来可以把我们结合的开端用三言两语讲给您听，阿尔芒对我说，但是我想让您看到，通过怎样的事件和怎样的曲折，我们才殊途同归，我终于对玛格丽特百依百顺，玛格丽特也只愿意同我一起生活。

她来找我那天晚上的翌日，我叫人把《玛侬·莱斯科》给她送去。

从这时开始，由于我不能改变我情妇的生活，我便改变自己的生活。最要紧的是，我不让自己的脑子有时间来考虑我刚刚接受的角色，因为一想起来，我便禁不住闷闷不乐。我的生活原本平时是十分清静的，这下突然显得喧闹嘈杂和凌乱不堪了。不要以为一个受人供养的女人对您的爱情既然是不图钱财的，就花不了多少钱。她有千百种爱好：鲜花呀，包厢呀，夜宵呀，郊游呀，都是永远不能拒绝的，没有什么不昂贵的。

正如我对您说过的，我没有财产。我的父亲过去是，现在仍然是C城的总税务长。他为人正直，遐迩闻名，因此他借到了任职所必需存放的保证金。这个职务给他每年带来四万法郎，十年做下来，他已经归还了保证金，并且考虑到攒下我妹妹的嫁妆。我的父亲是天底下最值得尊敬的人了。我母亲去世时留下六千法郎的年金，我父亲在谋到他所期待的职务那天，就把这笔年金平分给我和我的妹妹了。后来在我二十一岁那年，他在这笔小收入上又增加了一笔每年五千法郎的生活费。他向我担保说，有了这八千法郎，我可以在巴黎生活得很自在，如果我在这笔收入之外，还想在司法界或者医疗界谋得一个职位的话。因此我来到了巴黎，攻读法律，得到了律师的资格，如同许多年轻人那样，我把文凭放在口袋里，让自己稍许过几天巴黎的懒散生活。我的花销非常节俭，不过我在八个月里便花光了全年的收入，夏天四个月我在父亲家里度过，这样我等于总共有一万二千法郎的年收入，还赢得了一个好儿子的名声。况且我没有一个铜子的债。

这就是我结识玛格丽特时所处的境况。

您明白，我的日常开销控制不住地增加了。玛格丽特是非常任性的。有些女人的生活由千百种消遣组成，而且根本不把这些消遣看作了不起的花费，玛格丽特就属于这样的女人。结果是，为了尽可能跟我在一起多待些时间，她上午给我写信，约我吃晚饭，不是在她家里，而是到巴黎或者郊外的饭店。我去接她，一起吃晚饭，去看戏，经常吃夜宵，我每天晚上要花掉四五个路易，每月就要开销二千五百至三千法郎，一年的收入在三个半月之内便花光了。我必须借债，否则就得离开玛格丽特。

然而我什么都可以接受，就是不能接受最后一种情况。

请原谅我给您讲得这样琐碎，但是您会看到，这些细节构成了下面发生的事的起因。我讲给您听的是一个真实而简单的故事，我让它保持朴实无华的细节和单纯自然的发展过程。

因此我明白，由于世界上没有什么可以深刻地影响我，使我忘掉我的情妇，我就必须找到一个办法，应付我在她身上的花费。

再说，这爱情使我神魂颠倒，只要我离开玛格丽特，我就会度日如年。我感到需要迷恋上某种东西以便消磨时间，让时间过得飞快，以至觉察不到韶光流逝。

我先从我那小笔本金中挪用五六千法郎，开始赌博，自从赌场被取缔以后，到处可以赌钱。从前，人们一走进弗拉斯卡蒂咖啡馆，就有发财的机会。大家赌现钱，输家可以自我安慰说，他们也有赢钱的机会；而眼下呢，除了在俱乐部里付钱还相当严格以外，在别的地方，如果赢到一大笔钱，几乎肯定拿不到。原因很容易理解。

那些所费不赀，又缺少足够的钱应付他们所过生活的年轻人，多半会去赌钱。他们赌博的结果势必是这样的：如果他们赌赢了，那么输家就替赢家支付车马费和情妇的费用，这是很令人扫兴的。输家于是债台高筑，在赌桌绿台布周围建立起来的关系终于因争吵而破裂。在争吵中，荣誉和生命都会受到一些损伤。如果这是一个有教养的人，那么他就被另一些非常有教养的年轻人搞得倾家荡产。他们没有别的错误，只是没有二十万利弗尔的年收入。

至于那些赌钱作弊的人，我就不必跟您讲了，他们总有一天只得离开，虽晚些但仍然会受到惩罚。

于是我投身到这种快速、嘈杂、激烈的生活中去。以前我一想到这种生活都很恐惧，如今却成了我对玛格丽特的爱情必不可少的补充。您叫我有什么办法呢？

如果我不在昂坦街过夜，独自待在家里的话，我便夜不成寐。我妒火中烧，无法合眼，我的头脑和血液像在燃烧一样，而赌博可以暂时转移潜入我心中的狂热，把它引向另一种激情。我不由自主地对这种激情产生兴趣，一直赌到我要去同我的情妇相会时为止。由此，我看到了我的爱情多么强烈。无论是赢是输，到时我都毫不留恋地离开赌桌，同时怜悯那些留下不走，不能像我一样找到幸福的人。

对大部分人来说，赌博是一种需要；对我来说，这是一帖药剂。

如果我不再爱玛格丽特，我也不会再去赌博。

因此，在赌博的时候，我能相当冷静。我只肯输我付得出的钱，我只赢我输得起的钱。

再说我运气很好。我没有欠债，但花费却要比我去赌钱以前多三倍。这样的生活能让我毫无困难地满足玛格丽特千百种任性的要求，但要抗拒这种生活的诱惑却并非易事。至于她呢，她一如既往，甚至更加爱我。

正像我刚才对您所说的那样，起先我只在午夜至清早六点钟受到她接待，随后我不时地可以来到她的包厢，再后来她有时来跟我一起吃晚饭。有天早上，我直到八点钟才走，以后有一天我到中午才离开。

在精神产生变化之前，玛格丽特却出现肉体上的变化。我曾经设法给她治疗，可怜的姑娘猜出了我的目的，为了表明她的感激，便听从了我的话。我不费什么周折，也不费多少力气，就使她几乎放弃了老习惯。我让她去找的一位医生告诉我，单独休息和安静才能使她恢复健康，于是我终于取消了夜宵和熬夜，代之以合乎健康的制度和有规律的睡眠。玛格丽特不得不适应了这种新的生活方式，她感觉到这种生活方式有益健康的效果。她已经开始有些晚上在自己家里度过，或者天气好的时候，她裹上一条开司米披巾，戴上面纱，我们俩像孩子似的，傍晚在香榭丽舍大街阴暗的小径上漫步。回来时她感到疲惫，稍许吃一点夜点心，弹一会儿琴，或者看一会儿书，便睡觉了。这种情况她以前从未有过。过去每当我听见她咳嗽时，便觉得撕心裂肺似的。如今这种咳嗽几乎完全消失了。

六个星期以后，再也不提伯爵了，他被彻底放弃。只有对公爵才隐瞒我同玛格丽特的关系，不过我在她房里的时候，公爵还是经常被打发走，借口是夫人在睡觉，不让别人吵醒她。

结果是玛格丽特养成了到时要见我的习惯，甚至成了一种需要，因此，我在一个高明的赌徒应该离开的时候便不再赌钱。总之，由于总是赢钱，我发现手里已有万把法郎，这笔钱我觉得是绰绰有余的财富。

我通常要去看望父亲和妹妹的日期来到了，而我没有动身。因此我经常收到他们两人的信，要我回到他们身边。

对于他们的恳切要求，我尽量回答得巧妙些，我总是说我身体健康，不需要钱。我认为这两点会使我父亲对我一再推迟每年的探亲得到一些安慰。

在这期间，有一天早上，玛格丽特在灿烂的阳光照耀下醒来，她下床后问我是不是愿意带她到乡下玩一天。

我们派人去找普吕珰丝，玛格丽特还吩咐纳尼娜告诉公爵，她想趁好天气跟杜韦努瓦太太到乡下去。然后我们三人一起出发了。

有杜韦努瓦在场，可以使老公爵放心，除此以外，普吕珰丝好像是一个专门为郊游而生的女人。她的快乐一成不变，她的胃口永不餍足，凡是她陪伴的人，她不会让他们有一刻烦恼。而且她大概精于订购鸡蛋、樱桃、牛奶、嫩煎兔肉和所有构成巴黎郊游传统野餐的食物。

剩下来的是，我们要知道上哪儿去。

依然是普吕玛丝使我们摆脱困境。

“你们是想去真正的乡下吗？”她问。

“是的。”

“那么，我们到布吉瓦尔[①]，阿尔努寡妇的曙光饭店去。阿尔芒，去租一辆敞篷四轮马车。”

一个半小时以后，我们来到了阿尔努寡妇的饭店。

您兴许知道这个客栈，一个星期里有六天是家旅店，星期天则是可供跳舞的小咖啡馆。花园位于普通二层楼那么高的地方，从那里远眺，风光旖旎。左边天际尽头是马尔利引水渠，右边是连绵不断的山冈，河流在这一带几乎断流，犹如一条有波纹的白色宽带一样，流淌在加比荣平原和克罗瓦西岛之间。高大的杨树的战栗声和柳树的喃喃细语，不停地哄着河流入睡。

远处在阳光普照下，矗立着一片红瓦白墙的小房子和一些手工工厂。由于距离遥远，这些工厂失去了粗俗的商业特点，反倒使景致变得格外秀美。极目远望，巴黎在云雾笼罩之下。

正如普吕玛丝对我们说过的那样，这是真正的乡下，我还应该说，这是一顿真正的午餐。

① 布吉瓦尔，巴黎西部的村镇，位于塞纳河边，十九世纪是巴黎人的度假胜地。

并不是由于感激这个地方给我的幸福，我才这样说的。尽管布吉瓦尔的名字很可怕，但这是人们能够想象的风景最秀丽的地方之一。我旅游过许多地方，见过更为壮美的景色，但是，没有比这个小村庄更加迷人的地方了。它喜洋洋地躺在庇护着它的山冈脚下。

阿尔努太太建议我们泛舟河上，玛格丽特和普吕玙丝兴高采烈地接受了。

人们总是把乡村和爱情联系起来，这是很有道理的。没有什么比蓝天、田野或者树林的芬芳、鲜花、和风、明亮而幽静的一角，更能与你心爱的女人相衬了。不管你多么爱一个女人，不管你多么信赖她，不管她过去的经历怎样确保将来的忠实，你多少总会嫉妒的。如果你恋爱过，认真地恋爱过一场，你必定会感到，需要把你专心钟爱的女人与世隔绝。不论你的意中人对周围事物多么冷漠无情，似乎她同男人和事物一接触，就会失去芳香和完整。我呀，我比别人感受更深。我的爱情异乎寻常，普通人能怎样恋爱，我都能做到。但我爱的是玛格丽特·戈蒂埃，这就是说，在巴黎，我每走一步都可能碰到一个做过她情夫的人，或者是即将成为她情夫的人。而在乡下，处于我们从未谋面的人们中间，他们并不关注我们。我们待在这一年一度、春意盎然的大自然怀抱中，远离城市的喧嚣，这样，我可以藏匿我的爱情，不用怕羞耻和担惊受怕地去恋爱。

在这里，妓女的身影逐渐地消失了。我身边只有一个名叫玛格丽特的女人，年轻貌美，我爱她，她也爱我。往昔已敛迹遁形，未来没有云雾笼罩。阳光就像照耀着最圣洁的未婚妻一样，照亮了我的情妇。我们俩漫步在这片迷人的地方，这里仿佛天造地设似的，专门让人忆起拉马丁[①]的诗句或者哼起斯居多[②]的歌曲。玛格丽特穿一件白色连衣裙，斜倚在我的臂膀上。晚上，在满天繁星之下，她把昨夜对我说过的话又说了一遍。远处，尘世生活仍在继续，但它的阴影并没有污染我们青春和爱情的欢乐画面。

这就是那天的烈日透过树叶给我带来的幻想。我们划近一个小岛，我躺在草地上，摆脱了过去约束我的思想的一切人间联系，任凭思路驰骋，遇到形形色色的希望，都一一截获。

此外，从我所在的地方，我看到岸边有一座漂亮的三层小楼房，前面有一道半圆形的栅栏。越过栅栏，在房子前面有一块像天鹅绒一样平整的绿草坪。楼房后面有一座小树林，里面有的是神秘的僻静处所，而且每天早上，头一天踏出来的小径就掩没在苔藓之下。

有些攀援花卉遮住了这座没人居住的楼房的台阶，并且一直覆盖到二楼。

由于我凝望这座楼房，最后我竟然以为它是属于我的，因为它真正浓缩了我的幻想。我在这座房子里看到了玛格丽特和我，白天在覆盖山冈的树林中，晚上坐在草坪上。我寻思，世上还有什么人像我们一样幸福呢。

“多么漂亮的房子啊！”玛格丽特对我说，她一直跟随着我的视线，也许还跟随着我的思路在想。

“在哪里？”普吕玿丝问。

---

① 拉马丁（1790—1869），法国浪漫派诗人，《湖》《山谷》《秋天》《黄昏》等诗篇均抒写爱情，描绘大自然风光。

② 斯居多（1806—1864），法国作曲家，音乐批评家，生于威尼斯，在德国长大，对瓦格纳、柏辽兹和舒曼的作品尤多指责。

“在那边。”玛格丽特用手指着那座房子。

“啊！真令人陶醉，”普吕玿丝接着说，“您喜欢吗？”

“那么，去对公爵说把房子给您租下来，我有把握他会给您租下的。如果您愿意的话，我来负责办这件事。”

玛格丽特望着我，好像在问我对此有什么想法似的。

我的幻想已经随着普吕玿丝的最后几句话烟消云散了，而且突如其来地把我摔到现实之中，我跌得昏头昏脑的。

“这果然是个绝妙的主意。”我期期艾艾地说，却不知自己说些什么。

“好吧，我来安排一切，”玛格丽特握住我的手说，她按照自己的愿望来理解我的话，“我们马上去看看这座房子是否要出租。”

房子未被占用，租金是两千法郎。

“您高兴到这里来吗？”她问我。

“我肯定能来吗？”

“如果不是为了您，那么我隐居到这里来是为了谁呢？”

“那么，玛格丽特，让我来租下这座房子吧。”

“您疯了吗？不仅这没有必要，而且还会有危险。您很清楚，我有权只接受一个人的恩惠。因此，让我来办吧，您这个大孩子，别多说了。”

“这样的话，要是我一连两天有空，我就来你们这儿过。”普吕玿丝说。

我们离开这座房子，踏上回巴黎的路，一面谈论着这个新决定。我把玛格丽特搂在怀里，在下车的时候，我开始认真考虑我情妇的计划，并逐渐消除了重重顾虑。

十七

第二天，玛格丽特很早就打发我走了，她对我说，公爵一大早就要来。她答应我，等公爵一走，就写信给我，告诉我每天晚上幽会的时间。

果然，白天我收到了这张便条：

我同公爵到布吉瓦尔去。今晚八点钟到普吕玛丝家里去。

在指定的时间，玛格丽特回来了。她到杜韦努瓦太太家里来会我。

“好啦，一切安排妥帖。”她进来时说。

“房子租下来了吗？”普吕玛丝问。

“是的，他马上同意了。”

我不认识公爵，但是像我这样欺骗他，我羞愧难当。

“不过事情还没有完哪！”玛格丽特又说。

“还有什么事？”

“我在担心阿尔芒的住处。”

“住在一起吗？”普吕玛丝笑着问。

“不，他住在曙光饭店，公爵和我，我们在那里吃的午饭。公爵在观赏风景的时候，我问阿尔努太太，她不是叫阿尔努太太吗？我问她有没有合适的套房。她刚好有一套，包括客厅、候见室和卧室。我想，需要的都齐全了。每月六十法郎。家具陈设会使一个生性忧郁的人看了开颜。我要下了这套房间。我干得漂亮吗？”

我扑到玛格丽特的脖子上。

“这会妙不可言，”她继续说，“您有一把小门的钥匙，我答应过将一把栅栏门的钥匙给公爵，他不会拿去的，因为他即使来也只是在白天。私下里说说，我想他对这种任性的做法很高兴，这样能使我离开巴黎一段时间，又能使他家里人少啰嗦。但是他问我，我这样喜欢巴黎，怎么会决心隐居到乡下去。我回答他说，我身体不好，要静养一下。他看来不太相信我的话。这个可怜的老头儿总是被逼得走投无路。因此，我们要多加小心，亲爱的阿尔芒，因为他会派人在那里监视我，他不光为我租一座房子，他还要为我还债呢，倒霉的是我有一些债务。这样安排对您合适吗？”

“合适。”我回答，这种生活方式时不时唤起我的顾忌，但我竭力忍住不说。

“我们巨细无遗地参观了房子，将来我们住在那里才称心呢。公爵样样都过问。啊！亲爱的，”这个疯疯癫癫的姑娘搂住我又说，“您真有福气，给您铺床的是一位百万富翁呢。”

“您什么时候搬过去？”普吕珰丝问。

“越早越好。”

“您把车马带去吗？”

“我把全部家当都搬过去。我不在家时您来看管我的公寓。”

一个星期以后，玛格丽特占下了乡下那座房子，而我呢，则安顿在曙光饭店。

于是开始了新的生活，我很难给您描述出来。

刚在布吉瓦尔住下的时候，玛格丽特不能完全戒掉她的旧习惯，她家里总是同过节一样，她的所有朋友都来看望她，在一个月里，每天总有八到十人在她家吃饭。普吕玿丝则把她认识的人都带来了，而且殷勤接待他们，仿佛这座房子是属于她的一样。

正如您所想象的那样，这一切开销都是公爵支付的，然而普吕玿丝却不时以玛格丽特的名义，向我要一张一千法郎的钞票。您知道我赢了一些钱，因此我忙不迭要把玛格丽特托她向我要的钱，交给普吕玿丝，而且生怕我的钱不够她的需要。于是我去巴黎借了一笔钱，同我过去借的一笔数目一样，那笔钱我已经如数还清了。

为此，我重新拥有万把法郎，还不算我的生活费在内。

然而，玛格丽特招待朋友的兴致稍微有点低落，因为这种兴致开支浩大，尤其因为有时她不得不向我要钱。公爵租下这座房子，为的是让玛格丽特可以静养，他从来不出现，生怕碰到一大群乐而忘返的宾客，他是不愿意同他们照面的。尤其因为有一天，他来跟玛格丽特单独进晚餐，却撞上十五个人正在吃午饭。在他打算吃晚饭的时候，这顿午饭还没有吃完。当他打开餐室的大门时，令他意料不及的是，一阵欢笑冲他而来，面对在场的姑娘们的浪笑，他不得不遽然退了出去。

于是玛格丽特离开餐桌，来到隔壁房间找到公爵，想方设法要让他忘掉刚才的场面。但是老头的自尊心受到伤害，万分怨恨，他冷酷无情地对可怜的姑娘说，他已经厌倦了出钱给一个女人干蠢事，因为这个女人甚至不懂得让他在她家里受到尊敬。他怒气冲冲地走了。

从这天起，就再也听不到他的消息。玛格丽特后来虽然杜门谢客，改变她的习惯，但也是徒然，公爵已杳无音信。我倒是渔翁得利，我的情妇完完全全属于我了，我的梦想终于实现。玛格丽特再也不能缺少我。她毫不担心后果如何，公开夸耀我们的关系，正式把我看作他们的主人。

对于这种新生活，普吕玿丝曾经竭力告诫过玛格丽特，但是玛格丽特回答说，她爱我，没有我，她不能生活下去，无论发生什么事，她都不会放弃同我朝夕相处的幸福，还说凡是看不惯的人尽可以不登门。

一天，我听到普吕玿丝对玛格丽特说，她有要事相告，她们关在房里说话，我在门口窃听。

几天以后，普吕玿丝再次登门。

她进门的时候，我在花园尽里边，她没有看见我。从玛格丽特向她迎上前去的模样，我揣度出又将开始一场我已经偷听过的类似的谈话，我想同上一次一样去偷听。

两个女人关在一间小客厅里，我侧耳细听。

“怎么样？”玛格丽特问。

“怎么样？我见到了公爵。”

“他对您说了些什么？”

“他说他愿意原谅您那次给他好看，但是他说，他已经知道您跟阿尔芒·迪瓦尔先生公开同居了，这件事他不能原谅您。‘只要玛格丽特离开这个年轻人，’他对我说，‘我就一如既往，她要什么我都给，不然的话，她就应该死心，别再问我要任何东西。’”

“您怎么回答？”

“我回答说，我会向您传达他的决定，而且我答应他要让您明白事理。亲爱的孩子，您要考虑您失去的地位，这个地位是阿尔芒不能给您的。他爱您一往情深，但是他没有足够的财产来供给您的需要，有朝一日他必须离开您，但那时为时已晚，公爵再也不肯为您做任何事了。你肯让我去向阿尔芒说说吗？”

玛格丽特似乎在考虑，因为她默不作声。在等待她的回答时，我的心扑腾乱跳。

“不，”她回答说，“我不会离开阿尔芒，而且我不隐瞒同他生活在一起。兴许这是做傻事，但是我爱他！您教我有什么办法呢？再说，现在他已经习惯毫无顾忌地爱我，哪怕一天要离开一小时，他也会万分痛苦。况且，我行将就木了，不愿意自找苦吃，服从一个老头子的意愿，只要一看到他，便要使我苍老。让他留着自己的钱吧，我不需要。”

“但是，您以后怎么办呢？”

“我说不上来。”

普吕玛丝大概要答话，但是我突然闯了进去，扑倒在玛格丽特的脚下，眼泪沾湿了她的双手，这是听到她这么爱我而快乐得流出来的眼泪。

“我的生命是属于你的，玛格丽特，你不再需要那个公爵了，我不是在这里吗？难道我会抛弃你吗？你给我的幸福我能报答得了吗？不要别人约束了，我的玛格丽特，我们相爱吧！其余的跟我们有什么关系？”

“噢！是的，我爱你，我的阿尔芒！”她用双臂紧紧地搂住我的脖子，喃喃地说，“我爱你，爱得连我都难以相信。我们会幸福的，我们会平静地生活，眼下我要感到脸红的那种生活，我要与之诀别。你永远不会责备我的过去，是吗？”

呜咽堵住了我的声音。我只能把玛格丽特拥在心口上作为回答。

“好啦，”玛格丽特转向普吕玳丝，声音颤抖地说，“您就把这一幕情景讲给公爵听，再加上一句，我们不需要他。”

从这一天起，再也不提公爵了。玛格丽特不再是我以前认识的姑娘了。凡是能让我回想起我遇到她时有关她的生活的一切情况，她都避免出现。她给我的爱和关心，是任何一个妻子和妹妹都比拟不了的。由于她病歪歪的体质，她爱抒发感情，而且多愁善感。她同女友们断绝来往，就像同习惯决裂那样，她改变了谈吐，就像跟从前的挥霍诀别一样。别人看到我们出门，坐上我买来的那条漂亮小船泛舟河上，绝不会想到这个身穿白色连衣裙，头戴一顶大草帽，臂上搭一件用来抵御河水寒气的普通丝质外衣的女人，就是玛格丽特·戈蒂埃，四个月以前，她以奢侈和丑事让人议论纷纷。

唉！我们匆匆地享受着幸福，仿佛我们已经料到好日子长不了似的。

我们几乎有两个月没有到巴黎去了。除了普吕玳丝和我跟您谈起过的朱丽·迪普拉以外，没有人来看过我们。我现在讲的动人故事，就记在玛格丽特后来交给朱丽的手稿里。

我整天偎依在我情妇的脚旁。我们打开面临花园的窗户，观赏鲜花盛开的夏景。我们在树荫下并肩领略这真正的生活，无论玛格丽特还是我，我们至今还不理解这种生活。

这个女人对芥蒂小事都会发出孩子般的惊讶。有些日子，她就像十岁的小女孩那样，在花园里追逐一只蝴蝶或一只蜻蜓。这个妓女过去花在鲜花上的钱，超过了供一个家庭快乐生活的花费。

有时候她坐在草坪上，整整一小时，观赏自己用来取名的一种普通的花①。

在那段日子里，她时常阅读《玛侬·莱斯科》。我许多次看见她给这本小说加注，她总是对我说，一个女人热恋的时候，不可能做出玛侬那样的事。

公爵写了两三封信给她。她认出了笔迹，看也不看便把信交给了我。这些信的措词真使我深为感动。

公爵原本以为，把玛格丽特的财源断绝以后，会使她回到他身边，但是待他看到这种方法无济于事以后，他坚持不下去了。他写信要求像以前那样让她回来，不管什么条件他都可以答应。

于是，我看过这些翻来覆去、再三恳求的信之后，便都撕掉了，也不把信的内容告诉玛格丽特，而且无意劝她再去见那老头。尽管我对这个可怜虫的痛苦怀着怜悯之情，但是我生怕劝告她像从前那样重新接待公爵，她会以为我希望让公爵重新负担这座房子的开销。我尤其害怕她以为我在她的爱情可能带来严重后果时，会拒绝承担她的生活费用。

结果，公爵由于收不到回信，也就不再来信了。玛格丽特和我，我们继续一起生活，不去考虑将来。

---

① 玛格丽特的法文意为雏菊。

十八

要巨细无遗地把我们的新生活告诉您，那是困难的事。这种生活对我们来说是打打闹闹，好不自在，但是对听我故事的人来说，却是不值一提的。您知道爱一个女人是怎么一回事，您也知道白日时刻相处，夜里相亲相爱，到第二天多么难舍难分。您不会不知道互相信赖、你亲我爱的热烈爱情，竟至于把一切都置在脑后。在这个世界上，但凡不是自己的意中人，便似乎是无用的人。人们后悔过去在别的女人身上用过一番心思，此刻除了握在自己手里的手以外，看不到有必要再去握别人的手。脑子既不思考，也不回忆。不断地只出现一个念头，什么都不能使脑子分心。每天人们都会在自己的情妇身上发现新的魅力和从未有过的快感。

人生只不过是反复完成持续不断的欲望，灵魂只不过是维持爱情圣火的守灶贞女[①]。

夜幕降临时，我们经常坐在可以俯视我们房子的小树林里。我们倾听着夜晚欢快悦耳的天籁，两人都在想着不久又可以拥抱到天明。有时我们整天睡在床上，甚至不让阳光照入房里。窗帘紧紧拉上，对我们来说，外界暂时停止了活动。唯有纳尼娜有权

---

① 古罗马供奉女灶神维丝塔的贞女。

打开我们的房门，但也不过是为了送来我们的饭餐。有时我们还在床上就餐，并且不断地停下来嬉笑和打闹。然后再睡上一会儿，因为我们如同两个执着的潜水员一样，沉浸在爱河之中，只是为了换气才浮出水面。

然而，我发现玛格丽特有时抑郁不乐，甚至泪眼汪汪。我问她为什么突然这样悲伤，她回答我说：

“我们的爱情不同一般，亲爱的阿尔芒。你爱我仿佛我从来不曾委身于任何人。我担心以后你会对自己的爱情感到后悔，指责我的过去，迫使我重操旧业，像你刚接纳我那时一样。你想，既然我享受到新的生活，若要我再过从前的日子，我会活不长的。因此，请对我说，你同我永不分离。”

“我向你起誓！”

听到这句话，她凝望着我，仿佛要从我的眼睛里看出我的誓言是不是真诚，接着她扑到我的怀里，把头埋在我的胸前，对我说：

“你不知道我多么爱你啊！”

一天晚上，我们倚在窗台的栏杆上，遥望层云遮掩、难得露面的月亮，倾听着微风吹动树叶的沙沙声。我们手拉着手，足足有一刻钟之久噤若寒蝉，后来玛格丽特对我说：

“冬天来临了，我们离开好吗？”

“到哪里去呢？”

“到意大利去。”

“这么说，你待腻了吗？”

“我怕冬天，我尤其怕我们回到巴黎。”

“为什么？”

“原因很多。”

她没有告诉我害怕的原因，却猝不及防地说下去：

“你愿意离开吗？我卖掉我所有的东西，我们到那边去生活，丝毫不留下我过去的痕迹，没有人知道我是谁。你愿意这样做吗？”

“如果你乐意的话，我们离开吧，玛格丽特。我们去做一次旅行，”我对她说，“但是你有什么必要变卖东西呢？你回来时看到这些东西会很高兴的。我虽没有足够的财产来承担你这样的牺牲，不过我们可以很像样地旅行五六个月，我的钱还是绰绰有余的，只要这能带给你一些快乐。”

“话说回来，还是不去的好，”她又说，身子离开窗口，走过去坐在房间暗旮旯的长沙发上，“何必到那里去多花钱呢？在这儿我已经花了你不少钱了。”

“你是在责备我，玛格丽特，这可不是推心置腹。”

“对不起，朋友，”她说，一面向我伸出手，“这种阴雨天气使我火气很大，也许我没有讲清心里要说的话。”

她抱吻了我，然后又陷入长久的沉思。

类似的场面出现过好几次，即使我不知道她这样做的原因，但是我仍然发现玛格丽特在担忧未来。她不会怀疑我的爱情，因为我的爱情与日俱增，可是我时常看到她满面愁容，除了推诿身体不适以外，她从来不向我解释忧愁的原因。

我担心她厌倦过于单调的生活，便向她提出回到巴黎，但是她总是拒绝这个建议，并且向我保证，没有什么地方比乡下更能使她快乐。

普吕珰丝难得来一趟，可是她写了几封信，虽然这些信每一

次都使玛格丽特心事重重，但我从来没有要求看信。我只能去猜想。

一天，玛格丽特待在她的房间里。我走了进去。她正在写信。

“你写信给谁？”我问她。

“给普吕珰丝，要不要我把信念给你听听？”

我不想显得已有所疑，因此我回答玛格丽特说，我不需要知道她写什么，但是我能断定，这封信可以告诉我她忧愁的真正原因。

第二天，天清气朗。玛格丽特向我提出要乘船出游，到克罗瓦西岛去玩。她看来兴高采烈。我们回家时已经五点钟了。

“杜韦努瓦太太来过了。”纳尼娜看见我们进门时说。

“她走了吗？”玛格丽特问。

“是的，坐夫人的马车走的。她说已经讲好了。”

“很好，”玛格丽特赶紧说，“吩咐下去给我们开饭。”

两天以后，普吕珰丝来了一封信。以后的半个月内，玛格丽特显得摆脱了神秘莫测的忧愁。自从她不再发愁以后，她不断地请求我原谅她。

但是马车没有返回。

“普吕珰丝怎么不把你的双座四轮轿式马车送回来？”有一天我问。

“两匹马当中有一匹病了，而且马车需要修理。反正在这里我们用不着坐车，趁我们回巴黎去之前把车修好，何乐而不为呢。”

几天以后普吕珰丝来看我们，向我证实了玛格丽特对我说的话。

两个女人单独在花园里散步，当我去找她们的时候，她们改变了话题。

晚上，普吕玿丝告辞的时候，抱怨天冷，请求玛格丽特把开司米披巾借给她。

一个月就这样过去了，在这期间，玛格丽特比过去任何时候更加快乐，更加多情。

然而马车没有返回，开司米披巾也没有送回来，这一切不由得使我困惑不解。由于我知道玛格丽特将普吕玿丝的信放在哪个抽屉里，趁她在花园里的时候，我跑到这个抽屉前面，企图打开它，可是徒劳，抽屉上了两道锁。

于是我搜索平时放首饰和钻石的抽屉。这些抽屉一下就打开了，但是不见了首饰盒，里面的东西自然也消失不见。

悲哀和不安揪紧了我的心。

我想去问玛格丽特这些东西消失的真相，但是她准定不会对我说实话的。

“我的好玛格丽特，”于是我对她说，“我来请求你让我到巴黎去一次。我家里的人还不知道我在哪里，而且也该收到我父亲的信了。他一定焦急不安，我必须给他回信。”

“去吧，我的朋友，”她对我说，“但是要早点回来。”

我离开了。我随即来到普吕珰丝家里。

“喂，”我开门见山地对她说，“坦率地回答我，玛格丽特的两匹马到哪里去了？”

“卖掉了。”

“披巾呢？”

“卖掉了。”

“钻石呢？”

“当掉了。”

“是谁卖掉和当掉的？”

“是我。”

“为什么事先不告诉我？”

“因为玛格丽特不许我说。”

“为什么您不问我要钱呢？”

“因为她不愿意。”

“这些钱派了什么用场？”

“还账。”

“这么说，她欠了很多钱吗？”

“还欠三万法郎左右。啊！亲爱的，我不是早就跟您讲过了吗？您不愿意相信我的话。那么现在总该相信了。公爵原来担保给地毯商付账，但是地毯商去找公爵时吃了闭门羹，第二天公爵给他写信，说是他不管戈蒂埃小姐的事了。这个商人来要钱，我们只好分期付款，总共几千法郎，就是我问您要的那一笔；后来一些好心人提醒他说，他的债务人已经被公爵抛弃了，在同一个没有财产的年轻人生活在一起，其他债权人也同样得到这个消息，他们也来要钱，而且封存了财产。玛格丽特本想统统卖掉，但是时间来不及，而且我也反对。账是一定要还的，为了不问您要钱，她卖掉了两匹马和披巾，典掉首饰。您想看买主的收据和当铺的当票吗？”

于是普吕珰丝打开一只抽屉，把那些票据拿给我看。

“啊！您以为，”她接着说，那种执着的口吻就像有权说“我是对的”那样，“啊！您以为相亲相爱，到乡下去过轻轻松松的田园生活就万事大吉了吗？不行，我的朋友，不行。除了理想生活以外，还有物质生活，最圣洁的决心都有一些很细的线同现实相连，不过这是一些铁丝，不容易挣断。如果玛格丽特没有屡次欺骗您，这是因为她的品性不同寻常。我劝她这样做并没有错，因为看到一个可怜的姑娘失去一切使我非常难过。她不肯按我说的去做！她回答我说，她爱您，决不欺骗您。这一切真是呱呱叫，非常富有诗意，但是不能把这些当作钱去还债。我再跟您说一遍，眼下她没有三万法郎是不能应付过去的。”

“那么好吧，我来付这笔钱。”

“您去借吗？”

“我的天，是的。”

“您可要干出蠢事来了。您会跟父亲闹翻，会损害您的经济来源，而且三万法郎也不是很快能筹划到的。相信我吧，亲爱的阿尔芒，我比您更了解女人。别干这种蠢事，有朝一日您要后悔莫及的。您要理智一些。我不是叫你离开玛格丽特，而是要像夏初时那样跟她来往。让她找到办法摆脱困境。公爵慢慢地会来找她的。德·N伯爵昨天还在对我说，如果她肯接待他的话，他会替玛格丽特还清所有的债务，每月还给她四五千法郎。他有二十万利弗尔的年收入。这对她来说可算是一个依靠，而您呢，您迟早要离开她，您不要等到破了产再这样做，尤其这位德·N伯爵是一个笨蛋，什么也不能妨碍您继续做玛格丽特的情人。开始她会哭一阵子的，但是她最后会习惯下来，总有一天会感谢您这样做。就假设玛格丽特是个有夫之妇，您欺骗她的丈夫，如此而已。

“这些话我已经对您讲过一遍了。不过那时候只是一个劝告，眼下就几乎非这样做不可了。”

普吕玿丝剖析无情，却言之有理。

“就是这么回事，”她继续说，一面收好刚才拿给我看的票据，“受人供养的女人总是预料到有人爱她们，而她们永远不会爱别人，否则她们就要攒钱，以便到了三十岁的时候，她们可以会钞奢侈一下，拥有一个花不了多少钱的情人。我呀，如果我早知今日有多好啊！总之，您跟玛格丽特只字不提，把她带回巴黎。您和她单独生活了四五个月，这样做是够理智的。闭上您的眼睛，这就是对您的要求。半个月以后她就会接待德·N伯爵，今年冬天她会有些积蓄，明年夏天你们再从头开始。就要这样干，亲爱的！”

普吕玿丝似乎对她的劝告沾沾自喜，而我却愤怒地拒绝了。

不仅我的爱情和我的尊严不允许我这样做，而且我深信不疑玛格丽特宁死也不愿意自始至终委曲求全，接受这种双重生活。

“我对您说过了，大约三万法郎。”

“什么时候要凑齐这笔款子？”

“两个月以内。”

“她会有这笔钱的。”

普吕玿丝耸了耸肩。

“我会把款子交给您，”我继续说，“但是您要对我发誓，不告诉玛格丽特说是我给您的。”

“放心吧。”

“如果她再托您卖掉或者当掉别的东西，请通知我一下。”

“甭担心，她什么也没有了。”

我先回家去看看有没有父亲的来信。

共有四封。

十九

在前三封信里，我的父亲对我杳无音讯感到焦虑不安，问我是什么原因。在最后一封信中，他让我看出已有人把我的生活变化告诉了他，并通知我他不久就要赶来。

我对父亲向来十分尊敬，并怀有真挚的爱。因此我给他回信说，我久无音讯是因为作了一次短途旅行，我请他预先通知我到达的日期，以便我能够去接他。

我把我在乡下的地址给了我的仆人，同时嘱咐他一有C城邮戳的信就给我送去，然后我马上回到布吉瓦尔。

玛格丽特在花园门口等我。

她的目光流露出忐忑不安。她搂住我的脖子，按捺不住地问我：

"你见到普吕玛丝了吗？"

"没有。"

"你怎么在巴黎待了这么久？"

"我收到了父亲的几封信，我必须回信给他。"

过了一会儿，纳尼娜气喘吁吁地进来了。

玛格丽特站起身来，走过去同她低声说话。

纳尼娜出去以后，玛格丽特坐到我旁边，握住我的手，对我说：

“为什么你欺骗我？你去过普吕珰丝家里了？”

“谁告诉你的？”

“纳尼娜。”

“她怎么知道的？”

“她一直跟在你后面。”

“这么说，是你叫她跟着我的吗？”

“是的。我想，你已经有四个月没有离开我了，必定有重大原因才能促使你到巴黎去。我担心你遇到不幸，或者说不定去看别的女人。”

“孩子气！”

“现在我放心了，我知道你做了什么事，但是我还不知道别人对你说了些什么。”

我把父亲的信拿出来给玛格丽特看。

“我问你的不是这个：我想知道的是，为什么你到普吕珰丝家里去。”

“去看看她。”

“你说谎，我的朋友。”

“那么，我是去问她，你的马病好了没有，她是不是还需要你的披巾和首饰。”

玛格丽特涨红了脸，但是一声不响。

“于是，”我继续说，“我知道了你把两匹马、披巾和钻石派了什么用场。”

“那么你怪我吗？”

“我怪你没有想到问我要你所需要的东西。”

“像我们这样的关系，如果女方还有一点自尊心，她就应该由自己做出各种各样的牺牲，而不问她的情人要钱，否则她的爱情就跟卖淫无异。你爱我，我确信无疑，但是你不知道，别人心中对我这样的女人虽有爱情，但维系的线有多么脆弱。谁能料到呢？兴许在遇到困难或者烦恼的那一天，你会把我们的关系看成一件精心策划的买卖！普吕玛丝是个多嘴多舌的女人。这两匹马我要来干什么！我卖掉了还可以节省一笔开支呢。我可以不需要马，用不着再花销什么。只要你爱我，这就是我的全部要求，即使没有马，没有披巾，没有钻石，也会同样爱我。”

这番话用非常自然的语气讲出来，我听得不禁流泪。

“但是，我的好玛格丽特，”我回答说，一边深情地紧握我情人的双手，“你很清楚，我总有一天会知道你这种牺牲，那时我会受不了的。”

“为什么受不了呢？”

“亲爱的孩子，因为我不愿意你出于对我的一片深情，牺牲你的首饰，哪怕一件也罢。我也不愿意在你困难或者烦恼的时候会想到，如果你和别的男人同居的话，这种情况就不会存在。我还不愿意你后悔跟了我，哪怕只有一分钟这样的想法。再过几天，你的马、钻石和披巾都会归还给你。它们对你来说犹如空气对于生命一样须臾不可离开。兴许这是很可笑的，但是我喜欢你生活豪华，甚于你生活朴素。”

“这么说，你不再爱我了。”

“你疯了！”

“如果你爱我的话，你就要让我以我的方式来爱你。相反，你继续只把我看作一个奢侈成性的姑娘，总以为非得给我付钱。你羞于接受我的爱情的印证。你不由自主地想着有朝一日要离开我，于是你竭力要体贴入微，把种种疑惑遮掩起来。你是对的，我的朋友，不过我原来的希望比这要更大。”

玛格丽特动了一下，想站起来，我把她拉住，对她说：

“我想让你快乐，让你没有什么可责备我的，仅此而已。”

“那么我们就要分手了！”

“为什么，玛格丽特？谁能把我们分开？”我嚷道。

“是你，你不愿意让我了解你的处境，却要我保持我的虚荣心来满足你的虚荣心；是你，你要保持我过去的奢华生活，以维持把我们分隔开来的思想距离；是你，总之，你不相信我的爱情是无私的，足以跟你同甘共苦，我们本来可以用你的钱过得很幸福，你却甘愿受到可笑的偏见的束缚，宁愿倾家荡产。你以为我会把一辆马车和首饰跟你的爱情并列吗？你以为我会把虚荣当作幸福吗？一个人毫无爱情的时候可以满足于虚荣，但是有了爱情，虚荣就变得庸俗不堪了。你要替我偿还我的债务，你指望你有钱，最后由你来供养我！这样能维持多长时间呢？两三个月，那时候再要按我的办法去生活就为时太晚了，因为到时候你一切都得听我的，而一个堂堂男子汉不会这样做。眼下你有八千到一万法郎的年收入，有了这笔钱，我们便可以过日子。我卖掉我手里多余的东西，仅仅用这笔钱，我每年就可以收入两千利弗尔。我们去租一套漂亮的小公寓，两个人住在里面。夏天我们到乡下避暑，不要住这样的房子，有一座够两个人住的小房子就行了。你无牵无挂，我独来独往，我们年纪轻轻，看在上天的份儿上，阿尔芒，我从前不得已要过的那种生活，不要把我再投进去。”

我无言以对，感激和爱情的泪水涌上我的眼睛，我扑在玛格丽特的怀抱里。

“我本来想，”她又说，“瞒着你把一切安排好，还清我的债，叫人把我的新居布置好。十月，我们回到巴黎的时候，一切都已就绪。但是，既然普吕玿丝对你已和盘托出，那你就必须事先同意，而不是事后赞成。你爱我能爱到这种田地吗？”

如此的献身精神令人无法抗拒。我热烈地吻着玛格丽特的双手，对她说：

“我对你唯命是从。”

她所决定的计划就这样一言为定了。

于是她欣喜若狂，她跳呀，唱呀，为简朴的新居而高兴，她已经同我商量好在哪个街区找房子和怎样布置了。

这个决定看来要使我们最终地融合在一起，我看到她为此而高兴和自豪。

对此，我也不愿意欠她的情。

我立即决定了自己的生活，对自己的财产做了安排。我把得自母亲的年金赠给玛格丽特，为了报答我所接受的她的牺牲，我觉得这笔年金远远不够。

我只剩下父亲给我的五千法郎生活费，无论发生什么事情，我靠它过上一年总是足够了。

我没有把我的决定告诉玛格丽特，深信她会拒绝这笔赠与的。

这笔年金来自一座房子六万法郎的抵押费，我连这座房子也从来没有看过。我所知道的是，我们家的老朋友，我父亲的公证人，每一季度都交给我七百五十法郎，向我要回一张普通的收据。

在玛格丽特和我，我们回巴黎去找公寓的那一天，我去找了这位公证人，询问他我应该办什么手续，才能把这笔年金转让给别人。

这个正派的人以为我破产了，便向我了解做出这个决定的原因。由于我迟早要把我这笔赠与的受惠人告诉他，我不如马上对他说出实情。

作为公证人和朋友，他可以向我提出异议，但他根本没有这样做，而是向我保证，他会负责尽力把一切安排好。

我当然叮嘱他对我父亲守口如瓶，于是我去找玛格丽特，她在朱丽·迪普拉家里等我。她宁愿到朱丽家，也不愿去听普吕珰丝的教训。

我们开始找公寓房子。我们看到的地方，玛格丽特都觉得房租太贵。而我呢，我则感到太简陋。但是我们最终达成一致意见，在巴黎最清静的街区之一看中一座小屋，它独立于主楼之外。

在这所小屋后面，伸展着一座迷人的花园，是附属于这片建筑的，四周有相当高的围墙，把我们同邻居隔开，但又不至于阻挡我们的视线。

这地方超过了我们预先的期望。

我回家去打算把原来那套公寓房退掉。而玛格丽特去找一个经纪人，据她说，这个经纪人过去曾替她的一个女友办过她要托他办的事。

她高高兴兴地回到普罗旺斯街来找我。那个经纪人答应替她付清一切债务，把收据交给她，再给两万法郎，作为她放弃所有家具的代价。

从出售的价钱来看，您已经明白这个正派人赚了他的主顾三万多法郎。

我们又欢天喜地地回到布吉瓦尔，一面继续商量我们未来的计划。由于我们无忧无虑，尤其我们一往情深，我们看到前景金光灿灿。

一星期以后，正当我们在吃午饭的时候，纳尼娜来对我说，我的仆人要见我。

我让他进来。

“先生，”他对我说，“您的父亲已来到巴黎，请您马上回去，他在家里等您。”

这个消息是最普通不过的事了，但是玛格丽特和我知道以后却面面相觑。

我们猜到大祸临头了。

因此，虽然她没有把我们不约而同产生的这种印象告诉我，我还是在回答她时向她伸出手去：

“一点儿不用害怕。”

“你尽量早些回来，”玛格丽特抱吻着我，喃喃地说，“我在窗口等你。”

我打发约瑟夫告诉我的父亲，说我马上就到。果然，两小时以后，我来到普罗旺斯街。

二十

我的父亲穿着室内便袍，坐在我的客厅里写信。从他抬起眼睛看我进去的神情，我马上明白要谈论严重的事。

但是我装出似乎猜不透他的脸色那样，走过去拥抱他。

“您什么时候到的，父亲。”

“昨天晚上。”

“您像往常一样，在我家里下榻吗？”

“是的。”

“我很抱歉没有在家接待您。”

说了这句话以后，我等待着听到父亲的训导，他冷冰冰的面容向我预示了这种迹象。但是他一声不吭，封好他刚写好的信，交给约瑟夫投到邮筒里。

待到剩下我们两人时，我的父亲站起身来，倚在壁炉上对我说：

“亲爱的阿尔芒，我们要谈一些严肃的事。”

“我听着呢，父亲。”

“你答应我实话实说吗？”

“我一向如此。”

“你在跟一个叫作玛格丽特·戈蒂埃的女人同居，这是真的吗？”

“是真的。”

“你知道这是一个什么样的女人吗？”

“一个受人供养的姑娘。”

“正是为了她，今年你忘了来看我们——你妹妹和我吗？”

“是的，父亲，我承认。”

“这么说，你很爱这个女人啰？”

“这您看得很清楚，父亲，因为她使我耽误了履行神圣的责任，今天我要诚惶诚恐地向您请罪。”

我的父亲一定没有料到这样毫不含糊的回答，因为他看来沉吟了一下，然后他对我说：

“很明显，你明白你不能总是这样生活下去的吧？”

“我担心会这样，父亲，但是我自己也不明白为什么会这样。”

“不过你本该明白，”我的父亲用更加生硬的语气继续说，“我呀，我不会容忍你这样做的。”

“我想，只要我不辱没姓氏，败坏门风，我应该可以像我现在这样生活，这样我才能安详度日。”

爱情在和亲情进行着激烈的对抗。为了保住玛格丽特，我准备做一切斗争，甚至反抗我的父亲。

“那么，现在是改变你的生活的时候了。”

“唉！为什么呢，父亲？”

“因为你正在做败坏门风的事，而你也认为应该尊重门楣的。”

“我不明白您这些话的意思。”

“我这就跟你解释。你有一个情妇，这好得很；你像一个风雅人士那样为一个受供养的姑娘会钞，好极了；但是为了她，你忘记了最神圣的职责，你听任你的生活丑闻一直传到我们外省的家乡，玷污了我家体面的门楣，这是不能容许的，不允许再出现。”

“请听我说，父亲，那些对您搬嘴弄舌之人并不了解我的情况。我是戈蒂埃小姐的情人，我和她生活在一起，这种事平常之极。我并没有把得之于您的姓氏安到戈蒂埃小姐的头上，我在她身上花的钱没有超过我的收入许可。我没有欠债，总之，我的所为丝毫不值得一个父亲去责备儿子，就像您刚才对我训斥的那样。”

“看到儿子走入歧途，做父亲的总有责任叫他绕开。你还没有做什么坏事，但是你以后会做的。”

“父亲！”

“先生，我比你更了解人生。只有在真正圣洁的女人身上，才有真正纯洁的爱情。凡是玛侬都会选出一个德·格里厄，而且现在时代风尚都改变了。如果社会不是循序渐进，那么也只能虚度岁月。你必须离开你的情妇。”

“我很遗憾不能听从您的话，父亲，这是不可能的事。”

“我一定要你同意。”

“不幸的是，父亲，放逐妓女的圣玛格丽特群岛已经不存在了。即使存在，您又能把她押送到那里去的话，那我也会跟随戈蒂埃小姐一起去的。您叫我有什么办法呢？也许是我错了，但是我只有做这个女人的情人时才可能幸福。”

“喂，阿尔芒，睁开眼睛吧，认清这是你的父亲，他始终爱你，一心盼望你幸福。你同一个人尽可夫的妓女姘居，难道很体面吗？”

“只要别人再也占有不了她，父亲，那有什么关系！只要这个姑娘爱我，只要她由于我们相互的爱情而得到新生，那有什么关系！总之，只要她改邪归正，那有什么关系！”

“啊！先生，这么说，你认为一个重视荣誉的人，他的使命就是使妓女改邪归正吗？这么说，你认为天主会给予人生这个怪诞的使命吗？人心不应该有其他热情吗？这种不可思议的热情将会怎样呢？你到四十岁的时候，对你今天所说的话做何想法呢？如果你的爱情在你以往的岁月中没有留下太深的痕迹，如果到时候你还笑得出来的话，你也会耻笑自己这种爱情。如果你的父亲过去有过你这种想法，任凭他的生活被这种爱情冲动所摆布，而不是坚定地按照荣誉和正直的思想去成家立业，那么眼下你会是怎样一种情况呢？考虑一下吧，阿尔芒，别再说这样的蠢话了。喂，快离开这个女人，你的父亲在恳求你这样做。”

我一声不吭。

“阿尔芒，”我的父亲继续说，“看在你圣洁的母亲的分儿上，请相信我，放弃这种生活，你遗忘这种生活会比所想象的还要快。把你推向这种生活的理论是行不通的。你不可能一直爱这个女人，她也不会一直爱你。你们两个把你们的爱情都夸大了。你断送了你的前程。再走一步你就会陷入泥淖而不能自拔，一辈子都要为青年时期的失足而悔恨。离开巴黎吧，到你妹妹那里去过上一两个月。休息和骨肉之情会很快医好这种狂热，因为这只不过是一种狂热而已。

“在这段时间里，你的情妇会聊以自慰的，她会再找一个情人。待你看到自己为了这样一个女人，差一点跟你父亲闹翻，失去他的慈爱，你就会对我说，我来找你做得很对，那时你会感谢我的。

“好了，你会离开她的，是吗？阿尔芒？”

我觉得我父亲的话适用于各种女人，但是他的话不适用于玛格丽特。然而，他跟我说最后几句话的语气是那么温柔，那么苦苦哀求，以致我都不敢答话。

“怎么样？”他声音激动地问。

“不怎么样，父亲，我根本不能答应您，”我终于说，“您要求我做的事，超出了我的能力。请相信我，”我看见他做了一个不耐烦的动作，便接着说，“您把这种关系的后果看得过于严重了。玛格丽特不是您想象的那种姑娘。这种爱情非但不会把我引入邪路，反而能够在我身上发展成至尊至贵的感情。真正的爱情总是使人变得美好，不管激起这种爱情的女人是什么样的人。如果您认识玛格丽特，您便会明白我绝不是在冒险。她像最高尚的女人一样冰清玉洁。别人有多么贪婪，她就有多么无私。”

“这并不妨碍她接受你的全部财产，因为你把来自你母亲的六万法郎给了她。请记住我对你说的话，这是你仅有的财产。”

兴许我的父亲把这句威胁的话留到最后讲，是要给我最后一击。

我面对威胁比面对祈求更加坚不可摧。

于是我说：“谁告诉了您，我要把这笔钱送给玛格丽特？”

“我的公证人。一个有信誉的人能不通知我就办这样一件事吗？正是为了不让你讨好一个姑娘而做败家子，我才来到巴黎。你的母亲临死时给你留下这笔钱，是让你能体面地过日子，并不是让你向情妇摆阔气的。”

“我向您发誓，父亲，玛格丽特不知道这笔赠与。”

“那么你为什么要这样做呢？”

“因为玛格丽特，这个受到您污蔑、您要我抛弃的女人，为了和我过日子，牺牲了她拥有的一切。”

“你对这种牺牲当仁不让，是吗？那么说，你竟然让这位玛格丽特小姐为你做出牺牲，先生，你算什么男人呢？好啦，别再谈了。你必须离开这个女人。刚才我恳求你，现在我命令你这样做。我不容许在我家里有这样的丑事。打点你的行李，准备跟我走吧。”

“请原谅我，父亲，”这时我说，“我不离开巴黎。”

“为什么？”

“因为我已经长大成人，不能被呼来唤去了。”

听到这句回答，我的父亲脸色变白。

“好吧，先生，”他又说，“我知道我该怎么做。”

他摇铃。约瑟夫进来了。

“把我的行李搬到巴黎饭店去。”他对我的仆人说。与此同时，他走进他的卧室，在那里穿上衣服。

他出来时，我向他迎了上去。

“父亲，”我对他说，“您能答应我，别做使玛格丽特难过的事吗？”

我的父亲停住脚步，轻蔑地望着我，仅仅回答我说：

“我想你是疯了。”

然后，他走了出去，一面把身后的门砰的一声关上了。

我也跟着下楼，要了一辆双轮轻便马车，前往布吉瓦尔。玛格丽特在窗口等候我。

二十一

“总算回来了！”她扑到我的脖子上，嚷着说，“你回来啦？你的脸色多么苍白啊！”

于是我向她叙述我和父亲争吵的场面。

“啊！我的天！我已料到了，”她说，“当约瑟夫来通知我们，你父亲到达的时候，我像听到祸事临头的消息一样瑟瑟发抖。可怜的朋友！是我让你这样烦恼的。或许你不如离开我，而不要跟你父亲闹翻。可是我丝毫没有冒犯他呀。我们安安生生地过日子，今后还要过得更加安分守己。他明明知道你需要有一个情妇，我做你的情妇，他本应感到高兴，因为我爱你，也不奢望超过你的地位所允许的享受。你告诉过他，我们怎样安排以后的生活吗？”

“讲过，这使他火冒三丈，因为他从我们的决心中看到我们相爱的证明。”

“那么怎么办呢？”

“我们待在一起，我的好玛格丽特，让这场风暴过去吧。”

“风暴会过去吗？”

“一定会过去的。”

“但是你的父亲不会固执己见吗？”

“你说他会怎么办呢？”

“我怎么知道呢？凡是一个父亲逼迫他儿子服从的事，他都干得出来。为了让你抛弃我，他会使你想起我过去的生活，也许还会给我赏脸，再杜撰出一些新鲜事。”

“你很清楚我爱你。”

“是的，但是我也知道你迟早要服从你的父亲，也许你最终要被他说服的。”

“不会。玛格丽特，将是我说服他。他是听了几个朋友的闲话，才大发雷霆的。但他心肠好，为人正直，他会回心转意的。再说，总而言之，我才不在乎呢。”

“不要这样说嘛，阿尔芒。我宁肯忍辱负重，也不愿意让别人以为是我怂恿你和你的家庭闹翻的。今天就这样过去，明天你回到巴黎。你的父亲会从他那方面考虑就像你从自己这方面考虑一样，或许你们会言归于好的。不要冒犯他的原则，装出对他的愿望做些让步，别显得那么依恋我，他就会让事情顺顺当当地过去的。要抱有希望，我的朋友，对这一点要有信心：无论如何，玛格丽特总是忠于你的。”

“你向我发誓吗？”

“我需要向你发誓吗？”

被意中人的言辞所说服，那是多么甜蜜啊！玛格丽特和我，我们一整天都在反复谈论我们的计划，仿佛我们已经明白需要更快地实现这些计划一样。我们时刻都在预料会发生什么事，但是幸亏这一天过去了，没有出现什么新情况。

第二天，我十点钟离开，中午左右来到饭店。我的父亲已经出去了。

我赶回自己家里，指望父亲也许上那里去了。但没有人来过。

我又来到公证人那里。没见人！

我又回到饭店，等到下午六点钟。迪瓦尔先生还没有回来。

我又踏上去布吉瓦尔的大路。

我见到玛格丽特并没有像昨天那样等待我，而是坐在炉火旁，这种季节已经要生炉子了。

她沉浸在思索之中，我走近她的扶手椅，她都没有听见，也没有回过身来。当我把嘴唇按在她的额角上时，她哆嗦了一下，仿佛这一吻把她惊醒过来一样。

“你吓了我一跳，”她对我说，“你的父亲呢？”

“我没有见到他。我不知道这是怎么回事。不管在饭店里，还是在他可能去的地方。我都找不到他。”

“那么，明天再去找吧。”

“我想还是等他派人来叫我。凡是我该做的，我想我都做了。”

“不，我的朋友，这样做远远不够，尤其明天，你一定要回去找你的父亲。”

“为什么不是别的日子，而是明天呢？”

“因为，”玛格丽特说，我觉得她听到这个问题以后，脸上泛起一点红潮，“因为你越是要求得迫切，我们就越快得到宽恕。”

这一天余下的时间里，玛格丽特若有所思，心不在焉，愁容满面。为了得到她的回答，我对她说话，不得不重复两遍。她把这种心事重重归之于两天以来突兀发生的事，使她对前途产生担忧。

整晚我都在安慰她。第二天，她带着我无法解释的惴惴不安催我动身。

像昨天一样，我的父亲不在饭店，但是他离开的时候给我留下这封信：

> 如果今天你又来看我，请等我等到四点钟。如果四点钟我回不来，那么明天来跟我一起吃晚饭：我必须跟你谈谈。

我一直等到说好的时间。父亲还没有回来，我便走了。

昨天我看到玛格丽特愁眉苦脸，这一天我看到她焦躁不安，异常激动。看到我进屋，她扑到我的脖子上，在我的怀里久久地啜泣。

我问她为什么会突然这样难过。她越来越感到痛苦，这使我惊慌不安。她没有告诉我任何切实的理由，她说的话都是一个女人不愿意说真话时提出的借口。

待她稍为平静一些以后，我把这次来去的结果讲给她听。我拿出父亲的信给她看，让她看到，我们可以预期好的结果。

看到这封信，又听到我的分析，她更是泪水涟涟，我只得叫来纳尼娜。我们担心她神经受了刺激，便让可怜的姑娘躺下，她一言不发，一味在哭，但是握住我的双手，不停地吻着。

我问纳尼娜，在我出门的时候，她的女主人是不是收到一封信，或者有人来过，才造成她这副模样。但是纳尼娜回答我说，没有人来过，也没有送来什么东西。

可是，从昨天以来一定发生过什么事，玛格丽特越是瞒我，我越是忐忑不安。

晚上她看来平静了一些，她叫我坐在她的床脚，长时间重申她的爱情坚如磐石。随后，她对我露出微笑，不过很勉强，因为她不由自主地泪水盈眶。

我想方设法要她吐露悲伤的真正原因，但是她总是执着地对我说一些模棱两可的理由。这些刚才我已经对您讲过了。

她终于在我怀里睡着了，可是这种睡眠只会摧残身体，而不是使身体得到休息。她不时发出一下喊声，惊醒过来，等她确信我确实在她身边，她便要我发誓永远爱她。

这种断断续续的痛苦一直延续到第二天早上，我丝毫不明白个中原因。这时，玛格丽特迷迷糊糊地睡着了。她已经有两夜没有合眼。

这次休息时间也不长。将近十一点钟，玛格丽特醒了过来，看到我站起身，她环顾四周，大声地说：

“这么说，你已经要走了吗？”

“不，”我握住她的双手说，“但我想让你睡觉。时间还早呢。”

“你几点钟到巴黎去？”

“下午四点钟。”

“这么早？在这之前你会一直陪着我，是吗？”

“当然啰，我不是一直这样的吗？”

“真是太好了！我们去吃午饭好吗？”她不经意地问。

“只要你愿意。”

“然后一直到离开，你都拥抱着我好吗？”

“好的，而且我会尽早回来。”

“你还回来吗？”她用惊恐的目光望着我说。

“当然啰。”

“不错，今天晚上你要回来的，而我呢，我像平时一样等待你。你会爱我，我们会像认识以来那样幸福。”

这几句话说得断断续续，她仿佛一直有难言之隐，以致我时刻担心看到玛格丽特陷入发狂状态。

“听着，”我对她说，“你生病了，我不能这样扔下你不管。我要写信给父亲，叫他别等我了。”

“不！不！”她突然叫道，“不要这样。否则你的父亲更要指责我，在他要见你的时候，我阻止你去找他。不，不，你必须去找他，必须去！再说，我没有生病，我身体好极了。只是因为我做了一个噩梦，我还没有完全清醒过来吧？”

从这时起，玛格丽特竭力显得更加愉快。她不再哭泣了。

待我要走的时刻来临，我抱吻她，问她是不是愿意陪我到火车站去。我希望散步可以使她分心，新鲜空气对她会有好处。

我尤其想跟她尽量多待一会儿。她同意了，穿上一件外套，同纳尼娜一起陪我去，免得单独回来。

有多少次我几乎都不想离开。但是，希望快去快回，还有生怕再次使父亲对我不满，这才使我下了决心。火车把我载走了。

“晚上见。”分手时我对玛格丽特说。

她默不作声。

已经有过一次，她不回答我这句话了。您还记得吧，那一次，德·G伯爵在她家里过夜。但是时间隔得太长，这件事好像已从我的脑海中抹去了。如果此时我担心发生什么事，当然不再是担心玛格丽特在这方面欺骗我了。

到了巴黎，我径直跑到普吕玛丝家里，恳请她去看望玛格丽特，希望她的热情和活泼能使玛格丽特散散心。

我没有让人通报便闯了进去，看到普吕珰丝正在梳妆打扮。

“啊！”她惴惴不安地对我说，“玛格丽特跟您一起来的吗？”

“没有。”

“她身体好吗？”

“她不舒服。”

“她今天不来了吗？”

“她今天要来吗？”

杜韦努瓦太太涨红了脸，有点儿窘迫地回答我说：

“我的意思是：既然您到巴黎来，难道她不来跟您会面吗？”

“不来。”

我望着普吕珰丝，她垂下眼睛，从她的面容我似乎看出她生怕我的拜访拖长下去。

“我就是来邀请您的，亲爱的普吕珰丝，如果您没有什么事要做的话，请您今晚去看看玛格丽特。您去陪陪她，还可以睡在那边。我从来没有见过她今天这个样子，我担心她会病倒。”

“我要在城里吃晚饭，”普吕珰丝回答我说，“今天晚上不能去看玛格丽特，但是明天我可以去看她。”

我向杜韦努瓦太太告辞，我觉得她几乎跟玛格丽特一样心事重重。于是我去找父亲，他第一眼就是仔细地端详我。

他向我伸出手来。

“你两次来找我，使我很高兴，阿尔芒，”他对我说，“这两次拜访使我产生了希望，你会从自身设想去考虑，就像我从我这方面去考虑一样。”

“我能冒昧地问一下您，父亲，您考虑的结果是什么吗？”

“结果是，我的孩子，我把别人告诉我的情况看得过于严重了，我决定对你稍微宽容一些。”

“您说什么，父亲！”我高兴地嚷了起来。

“我说，亲爱的孩子，凡是年轻人都得有个情妇，而且根据新情况，我倒更喜欢你的情妇是戈蒂埃小姐，而不是别人。”

“我的好父亲！您使我多快乐啊！”

我们就这样谈了一会儿，然后我们吃饭。吃晚饭的时候，父亲一直很亲切。

我急于回到布吉瓦尔，把这个可喜的变化告诉玛格丽特。我不停地看看挂钟。

“你在看时间，”父亲对我说，“你急于要离开我。噢！年轻人哪！你们总是这样，牺牲真挚的爱去换取靠不住的爱吗？”

“别这样说，父亲！我确信无疑，玛格丽特爱我。”

父亲没有吭声，他的神态既不是怀疑，也不是相信。

他再三坚持要我跟他一起度过这个夜晚，让我第二天再走。但是我告诉他，我把玛格丽特撇下时她正不舒服。我求他答应让我早点回去看她，我应允他第二天再来。

当晚光风霁月，他要一直陪我到站台。我从来没有这样神清气爽。未来就像我长久以来所追求的那样，在我眼前展现。

正当我要动身的时候，他再一次坚持要我留下来，但我拒绝了。

“这么说，你果真很爱她啰？”他问我。

“爱得发疯。”

“那么走吧！”他抹了一下额角，仿佛他想驱走一个念头似的，然后他张开嘴，好像要对我说什么事一样。但是他仅仅握了握我的手，突然离开了我，一面对我喊道：

“好吧，明天见！”

二十二

我仿佛觉得火车没有开动一样。十一点钟，我回到布吉瓦尔。

房子里没有一扇窗亮着灯光，我拉铃，没有人回应。

这样的情况我是头一次碰到。园丁终于出现了。我进了屋。

纳尼娜拿了一盏灯向我走来。我来到玛格丽特的房间。

“夫人在哪里？”

“夫人到巴黎去了。”纳尼娜回答我说。

“到巴黎去了？”

“是的，先生。”

“什么时候？”

“您走后一个小时。”

“她没有给我留下什么话吗？”

“没有。”

纳尼娜抽身走了。

“她可能有些担心，”我想，“也许到巴黎去，是想证实我说去找父亲是不是一个借口，为的是有一天自由的时间。”

“说不定普吕玿丝写信给她，有件要事，”剩下我一个人的时候，我心想，“但是我在巴黎见过普吕玿丝，她并没有对我说过什么足以让我想到她会给玛格丽特写过信。”

骤然间，我想起，杜韦努瓦太太在我告诉她玛格丽特生病时，她对我提出的这个问题：“这么说，她今天不来了吗？”我同时记起了当我打量她时，普吕当丝显出尴尬的神态，好像这句话泄露了有个约会似的。除此以外，我还回忆起玛格丽特整日以泪洗面。只是后来因为我父亲对我笑脸相迎，这才使我有点忘了她的哭泣。

从这时起，在一天之内发生的所有事情，都聚集在我的第一个怀疑周围，这种疑惑在我的脑海里越来越牢固，直至想到我父亲变得宽容大度，这些全都证实了我的疑心。

玛格丽特几乎是硬要我到巴黎去。当我提出要留在她身边的时候，她便假装平静下来。我难道落入了什么圈套吗？玛格丽特欺骗了我吗？她是不是本来打算及时赶回来，不让我发现她离开过，或因偶然的事把她拖住了呢？为什么她对纳尼娜只字不提，她又为什么不给我写几个字呢？她的哭泣，她的出门，这样神乎其神，意味着什么呢？

我在这个空荡荡的房间里，惶恐不安地这样思索着。我的眼睛盯着挂钟，已是半夜时分，挂钟好像在对我说，时间已经太晚了，我在白白地希望看到我的情妇回来。

可是，我们刚刚对今后的生活做了安排，她做出了牺牲，我也接受了。难道她当真欺骗了我吗？不会的。我竭力要摒弃我最初的揣想。

“这个可怜的姑娘可能为她的家具找到了一个买主，她到巴黎去洽谈了。她不想事先告诉我，因为她知道，尽管这次出卖家具对于我们今后的幸福十分必要，后来我也同意了，但是，这对我来说仍然很难堪。她担心对我讲了，会伤害我的自尊心和脉脉温情。她宁愿等一切了结以后才重新露面。普吕当丝不消说就是为了这件事在等她，而且在我面前露了馅。玛格丽特今天大概不能办妥这笔交易，睡在普吕玿丝家里。或许她待会儿就会回来，因为她一定料到我会焦虑不安，肯定不愿把我丢在家里不管。”

“但是，为什么她要泪流不止呢？不用说，尽管她很爱我，但是可怜的姑娘舍不得放弃豪华的生活，不能不哭哭啼啼的。至今她过惯了奢侈生活，舒舒服服的，别人也嫉羡不已。”

我非常愿意体谅玛格丽特这种留恋不舍的心情。我焦躁地等待着她，我要一边吻遍她，一边对她说，我已猜到了她神秘地离开的原因。

可是，夜深人静，玛格丽特还没有回来。

焦急不安像只铁箍一样，越收越紧，箍紧了我的头和心。或许她出了什么事吧！或许她受了伤，得了病，没了命！或许我就要见到一个报信的人来向我宣布一件恶性事故！或许一直到天明，我仍然处在捉摸不定和担惊受怕的状态中！

玛格丽特的离家引起我惶悚不安，在我提心吊胆地等待她时，她却在欺骗我，这种想法不再在我脑际出现。必定是有一种她身不由己的原因把她拖住了，使她回不到我的身边。我越想越深信这种原因只能是某种灾祸。噢，人的虚荣心啊！你的表现形式真是多种多样。

一点钟刚刚敲过。我心想，我要再等她一个小时，但是，如果到了两点钟玛格丽特还不回来，我便动身到巴黎去。

在这段时间里，我找了一本书看，因为我不敢多想。

《玛侬·莱斯科》在桌子上摊开着。我觉得一页页到处好像被泪水濡湿过一样。在翻看了一会儿以后，又合上了书。由于我疑虑重重，书上的字母对我来说失却了意义。

时间慢慢地流逝。天空乌云密布。秋雨抽打着玻璃窗。我觉得空荡荡的床不时地像座坟墓一样。我不由恐惧起来。

我打开门，侧耳细听，除了树林里呜呜的风声以外，什么也听不见。大路上车辆绝迹。教堂的钟楼愁惨地敲响了半点钟。

我突然害怕有人进来。我觉得在这种时候，在这种阴森的天气里，唯有不幸才会来光顾我。

两点钟敲响了。我再等了一会儿。只有挂钟单调而有节奏的嘀嗒声才打破了寂静。

最后我离开了这个房间，由于内心的孤寂和不安，我觉得房间里周围的一切，连最小的东西都蒙上了忧郁的外貌。

在隔壁房间里，我看到纳尼娜扑在她的活计上睡着了。听到门响声，她惊醒过来，问我是不是她的女主人回来了。

“不是的，不过，如果她回来了，你就告诉她，我实在放心不下，到巴黎去了。”

“在这种时候？”

“是的。”

“可是怎么去呢？您叫不到马车的。”

“我步行去。”

“可是下着雨呢。”

“我不在乎。”

“夫人要回来的，即使她不回家，等天亮再去看看是什么事拖住了她，也总是来得及呀。您在路上会被人谋害的。”

“不会有危险，亲爱的纳尼娜，明天见。”

这位忠厚的姑娘替我找来大衣，披在我的肩上，劝我去叫醒阿尔努大妈，向她打听能不能叫到一辆马车。但是我拒绝了，深信我会劳而无功，白费力气，也许所费的时间要超过我赶一半路程的时间。

再说，我需要新鲜空气和肉体疲劳，因为疲劳可以消除我当时的过度亢奋。

我拿上昂坦街那套公寓的钥匙。纳尼娜一直把我送到栅栏门，我向她告别之后就走了。

起初我在小跑，但是地上刚被雨水淋湿，道路湿滑难行使我加倍地疲劳。跑了半小时以后，我不得不停了下来，浑身水淋淋的。我歇了一会儿，又继续赶路。夜色漆黑，我随时担心撞上路旁的树木。这些树突兀地呈现在我的眼前，活像巨大的幽灵向我冲过来。

我遇到一两辆运货马车，一会儿就把它们甩在后面。

一辆敞篷四轮马车朝布吉瓦尔方向疾驰而来。正当这辆马车从我面前掠过的时候，我的心头萌生出一个希望：玛格丽特坐在里面。

我站住叫喊：“玛格丽特！玛格丽特！”

但是没有人回答我，马车继续赶路。我望着它渐行渐远，我继续往前走。

我花了两小时才走到星形广场的栅栏处。

看到巴黎使我又有了力气，我沿着那条长长的林荫道跑了下去，这条路我走过多少回啊。那天晚上，路上空寂无人。简直可以说是漫步在一座死城中。

天开始破晓。

我到达昂坦街的时候，这座大城市还没有完全苏醒，但已经有点骚动起来。

正当我踏入玛格丽特那座住宅的门口时，圣罗克教堂的大钟敲响五点钟。

我向门房报出我的名字，以前他得到过我不少二十法郎的金币，知道我有权在清晨五点钟来到戈蒂埃小姐家中。因此我毫无阻拦地进去了。

我本来可以问他，玛格丽特是不是在家，但是他可能回答我说不在，于是我宁愿再怀疑两分钟，因为既然在怀疑，我就仍然有希望。

我在门口侧耳细听，竭力要抓住一点声音，一点动静。

什么也听不到。乡下的静谧似乎延续到这里一样。我打开门，走了进去。所有窗帘都掩得严严实实。

我扑向窗帘的拉绳，使劲一拉。窗帘分开了；一抹微弱的亮光透射进来，我奔向大床。床上空荡荡的！

我把门一扇接一扇地打开，察看了所有的房间。

空无人影。真要令人发疯了。

我走进梳妆室，打开窗户，叫了好几声普吕当丝，但杜韦努瓦太太的窗子紧关着。

于是我下楼去找门房，我问他，白天戈蒂埃小姐是不是回来过。

“是的，”这个人回答我说，“跟杜韦努瓦太太一起来过。”

“她没有留下什么话给我吗？”

“没有。”

“你知道她们后来做什么吗？”

“她们乘马车走了。”

“什么马车？”

“一辆豪华的双座四轮轿式马车。”

这一切到底是怎么一回事呢？

我拉响隔壁房子的门铃。“您找哪一家，先生？”门房打开门后问我。

“找杜韦努瓦太太。”

“她没有回来。”

“你确信无疑吗？”

“是的，先生，这里还有一封信，是昨天晚上送来的，我还没有交给她呢。”

门房拿出一封信给我看，我禁不住朝那封信瞟了一眼。我认出是玛格丽特的笔迹。

我拿过信来。信封上写着：

烦请杜韦努瓦太太转交迪瓦尔先生。

“这封信是给我的。”我对门房说，并且把信封上的字指给他看。

“迪瓦尔先生就是您吗？”这个人问我。

“是的。”

“啊？我认出您来了，您经常到杜韦努瓦太太家里来。”

一到街上，我就拆开了这封信的封印。

即使霹雳落在我的脚下，也不会比读完这封信更加使我惊骇。

在您读到这封信的时候，阿尔芒，我已经是另一个男人的情妇了。因此，我们之间一切都已结束。

回到您父亲的身边去吧，我的朋友，回去看看您的妹妹吧，她是一个圣洁的姑娘，对我们这些人的悲苦一无所知。在她身旁，您会很快忘却那个叫作玛格丽特·戈蒂埃的妓女使您所受的罪。您曾经甘心情愿爱上她，她这辈子仅有的幸福日子得之于您。眼下她希望她的生命屈指可数。

当我读到最后一句话时，我以为我快要发狂了。

有一会儿我当真害怕倒在街上。一片云翳掠过我的眼睛，热血在我的太阳穴突突地跳动。

最后我又振作起来，环顾四周，看到别人并不驻足关心我的不幸而继续自己的生活，我不免惊异万分。

我确实不够坚强，很难独力承受玛格丽特给我的打击。

这时我想起我父亲跟我在同一个城市里，再过十分钟，我就可能在他身边，不管我缘何痛苦，他都会为我分担的。

我像疯子，像小偷一样奔跑，一直来到巴黎饭店。我看见父亲的套房门上插着钥匙。我开门进去。

他在看书。

我看到他对我的出现并不怎么惊讶，可以说他正在等待我。

我扑到他怀里，一言不发，把玛格丽特的信交给他，然后倒在他的床前，我热泪滔滔地痛哭起来。

二十三

当生活中的一切恢复常规以后，我难以相信，新的一天对我来说，跟以前的日子会有什么两样。有的时候我会设想，有种我记不起来的情况，使我不能在玛格丽特那里过夜，但是，我回到布吉瓦尔以后，会看到她像我一样焦灼不安，她会问我是谁把我留住了，让她独守空房。

当生活中产生了爱情，而且习以为常以后，那么要使这种爱情破裂却不损伤生活的其他精力，似乎是不可能的事。

因此，我不得不时常重读玛格丽特的信，让自己确信我不是在做梦。在精神受到打击之下，我的身体支持不住，难以动弹。忐忑不安，夜里赶路，早晨的消息，这一切使我精疲力竭。父亲看我体力完全衰竭，要我明确地答应跟他一起离开巴黎。

我唯命是从。我无法进行争论，这件事过去之后，我需要真挚的爱，帮助我生活下去。

父亲很想让我摆脱这样的悲哀，我感到心里暖融融的。

我能记得起的是，那天约莫五点钟，他让我跟他一起登上一辆驿车。他没跟我提起就让人收拾好我的行李，和他的行李一起捆在马车后面，然后他把我带走了。

只是当城市在地平线上消失，路途的寂寞又勾起我心中的空虚以后，我才对自己的行动有所感觉。

于是我又泪水盈眶。

父亲明白，用言词，即使是他的话，也不能安慰我。他让我哭泣，默不作声，有时仅仅握一下我的手，好像让我记得我有一个朋友在身边一样。

夜里我睡了一会儿。我梦见了玛格丽特。

我惊醒过来，不明白为什么我待在马车里。

随后现实又回到我的脑际，我的脑袋耷拉在胸前。

我不敢跟父亲交谈，我总是怕他对我说：

“我是否定这个女人的爱情的，你看我说对了吧。”

但是他没有得寸进尺。我们到达了C城，除了跟造成我离开巴黎那件事毫不相干的话以外，他没有对我说起别的事。

当我拥抱我的妹妹时，我想起了玛格丽特信中提及她的话，但是我旋即明白，不管我的妹妹多么好，她也不能使我忘却我的情妇。

狩猎季节开始了，我的父亲认为打猎可以给我解闷。因此他跟邻居和朋友们组织了几次打猎。我参加了，既不反感，也无热情，一副漠不关心的样子，自从我离开巴黎以后，这是我一切行动的特点。

我们进行围猎。他们给我分派好位置。我把卸掉子弹的枪放在旁边，陷入了沉思。

我看着浮云飘过。我让我的思路在寂寥的原野上驰骋，我时不时听到有猎手向我召唤，指出离我十步远的地方有一只野兔。

所有这些细枝末节都没有被我的父亲忽略过去，他没有为我外表的平静所蒙蔽。他非常清楚，我的心灵受到如此刺激，迟早我总会有某种可能出现的乃至危险的反应。所以，他一面避免显出急于要安慰我，一面却在殚思极虑地使我心头放宽。

我的妹妹自然不了解所有这些事，因此，她捉摸不透，为什么我原来是那么快活开朗，却一下子变得如此爱沉思默想和抑郁寡欢。

有时候，我正在黯然神伤，无意中发现父亲用不安的眼神望着我，我便向他伸出手去，紧握他的手，仿佛默默无言地请求他原谅，我不由自主地给他造成了痛苦。

一个月就这样过去了，但是我也只能忍受到这一步。

我不断地追忆起玛格丽特。我以前和至今对这个女人爱得太深，以致我对她不可能一下子变得无所谓。不论我对她怀有什么样的感情，我必须再见到她，而且要快。

这个愿望潜入我的脑际，来势汹汹，就地生根，而且终于在我那长久了无生气的躯体内表现出来。

我需要见玛格丽特不是在将来，或者过一个月，过一星期，而是在我有了这个想法的第二天。于是我去告诉父亲，我要离开他，巴黎有些事等着我去办理，但是我会迅速地回来的。

他一定猜到了我要离开的原因，因此他坚持要我留下。可是，看到我一触即发，若实现不了这个愿望，我就可能产生不祥的后果时，他便抱吻了我，几乎噙着眼泪，恳求我尽快回到他的身边。

在到达巴黎之前，我是睡不着觉的。

一到巴黎，我要干什么呢？我一无所知。但是当务之急是我要找到玛格丽特。

我到家里换好衣服，由于天气晴朗，而且还有时间，我便前往香榭丽舍大街。

半个小时以后，我远远地看到玛格丽特的马车从圆形广场向协和广场驶来。

她赎回了马和车，因为样子照旧。不过她没有坐在车上。

我一注意到她不在车上，便朝四周张望，我看到玛格丽特由一个我过去从未见过的女人陪伴，徒步走来。

经过我身旁的时候，她的脸变得煞白，一个神经质的笑容扭曲了她的嘴唇。至于我呢，剧烈的心跳冲击着我的胸膛。可是我终于让脸上摆出冷冰冰的神情，我冷冷地向我旧日的情妇打了个招呼，她几乎立即赶上她的马车，同她的女友一起上了车。

我了解玛格丽特。这次不期而遇势必使她心潮难平。不消说，她知道了我离开巴黎，因此对我们关系破裂的后果并不在意。但是她看到我重新回来，而且迎面撞上，我的脸色又如此苍白，她便明白我的返回是有目的的。她大概要寻思将会发生什么事。

如果我看到玛格丽特身处逆境，如果我可以去援助她，以此来报复，那么我或许会原谅她，一定不会考虑去伤害她。但是我看到她很幸福，至少表面上是这样。我无法使她继续保持豪华的生活，而另外有人把这种生活还给了她。我们关系的破裂来自她，而且带有最卑劣的利害关系的性质。我的自尊心和爱情都受到了侮辱，为此势所必然，她非得为我遭受的痛苦付出代价不可。

对于这个女人的所作所为，我不能漠然视之。所以，最能伤害她的就是我能表现出清心寡欲。不单在她面前，而且在众人面前，都必须装出若无其事。

我竭力装出一副笑脸，来到普吕玛丝家里。

她的女仆通报我来了，让我在客厅里等了一会儿。

杜韦努瓦太太终于出来了，把我带到她的小客厅里。正当我坐下的时候，我听见客厅里开门的声音，地板上响起了轻轻的脚步声，随后楼梯平台上的门猛地关上了。

“我打扰您了吗？”我问普吕玛丝。

“一点没有，玛格丽特在我这里。她听到通报您来了，便溜掉了，刚才是她出去。”

“这么说，现在她怕我了？”

“不，而是她担心您见到她会心里不痛快。”

“这是为什么呢？”我说，一面竭力要自由呼吸，因为我激动得透不过气来，“可怜的姑娘离开了我是为了重新得到她的马车、她的家具和她的钻石，她做得对，我不应该怨恨她。今天我遇见了她。”我漫不经心地补了一句。

“在哪里？”普吕玛丝说，她望着我，仿佛在捉摸这个人可是她过去认识的那个柔情缱绻的人。

“在香榭丽舍大街，她跟另外一个非常漂亮的女人在一起，这个女人是谁？”

“她是什么模样？”

“头发金黄，鬓角卷发，身材窈窕，蓝眼睛，非常雍容华贵。”

“啊！这是奥林普。确实是一个非常漂亮的姑娘。”

“她跟谁一起过？”

“任何人都不跟，但人尽可夫。”

“她住在哪里？”

“特隆歇街……号，啊！原来如

此，您想打她的主意吗？”

“将来的事谁也不知道。”

“那么玛格丽特呢？”

“对您说我完全不再想她，那是撒谎。但是，我这种人非常重视分手的方式。玛格丽特那么轻率地就把我打发了，我不免觉得过去对她那么多情是太傻了，因为我确实曾经非常迷恋这个姑娘。”

您猜想得出我是竭力用什么语气来说这番话的，汗水从我的额角淌了下来。

“她非常爱您，是呀，而且她始终爱着您。证据是，今天她遇到您以后，马上就来告诉我。来到的时候，她浑身颤抖，几乎要晕过去。”

“那么她对您说什么来着？”

“她对我说：‘他一定会来看您的，’她恳求我要您原谅她。”

“我已经原谅她了，您可以这样对她说。她是一个好姑娘，不过是一个妓女。她这样对待我，我早该料到的。我感谢她下了决心，因为今天我寻思，要跟她永不分离的想法会把我们拖累到什么田地。这简直是发疯。”

“如果她知道您也同意她不得不这样做，她会非常高兴。她离开您该是时候了，亲爱的。她曾经提出把家具卖给她的经纪人，这个混蛋却找到她的几个债主，问他们玛格丽特欠了他们多少钱。这些债主不免恐慌起来，准备过两天就进行拍卖。”

“那么现在债还清了吗？”

“差不多还清了。”

“是谁出的钱？”

“是德·N伯爵。啊！亲爱的！有些人生来是专门干这一行的。

总之，他拿出两万法郎，但是他达到了目的。他明明知道玛格丽特并不爱他，这并不妨碍他待她非常体贴。您已经看到了，他替她把马车买回来，赎回她的首饰。公爵以前给她多少钱，他也如数给她。如果她想过清静日子，这个人倒是会跟她过下去的。”

“她在干什么？她全部时间都住在巴黎吗？”

“自从您走了以后，她根本不想回到布吉瓦尔。是我到那里去收拾她的所有东西，甚至还有您的东西。我把您的东西打了一个包裹，您可以叫人取走。东西都全了，除了一只印有您名字的开头字母的小皮夹子以外。玛格丽特想要，拿到她家里去了。如果您很看重的话，我再问她要回来。”

“让她留着吧。”我嘟嘟囔囔地说，因为我想到在那个村子，我曾经生活得那么幸福，又想到玛格丽特一心要留下一件我的东西做纪念，我便感到无限伤感。

如果她在这时进来的话，我的复仇决心便会化为乌有，而且我会跪倒在她的脚下。

“另外，”普吕玓丝又说，“我从来没有见过她像眼下这样：她几乎不想睡觉，她到处参加舞会，吃夜宵，甚至喝得半醉。最近吃过一次夜宵以后，她在床上躺了一星期。医生刚允许她起床，她又不要命地重新开始这种生活。您想去看她吗？”

“何必呢？我是来看您的，因为您始终对我很友好，而且我认识您早于认识玛格丽特。亏了您，我才做了她的情人，也是由于您，我才不再是她的情人，对吗？”

“啊！当然啰，我千方百计让她离开您，我想，以后您不会怨恨我的。”

“我要加倍感谢您。”我站起来接着说，因为我看到这个女人把我对她说的话当真，我对她产生了厌恶。

“您要走了吗？”

“是的。”

我了解的已经足够了。

“什么时候能再见到您？”

“不久吧。再见。”

“再见。”

普吕玳丝一直把我送到门口。我回到家里时，眼里噙着愤怒的泪水，心中怀着复仇的渴望。

这样说来，玛格丽特显而易见跟别的妓女一样。这样说来，她对我深沉的爱情，敌不过恢复昔日生活的欲望，敌不过对马车和欢宴的需要。

这就是我夜不成寐时心中的所思所想。如果我能像假装的那样冷静地思索，我便会在玛格丽特这种喧闹的新生活中，看出她希望以此去摆脱一个纠缠不休的念头，一个不断出现的回忆。

不幸的是，邪恶的激情主宰着我，我一心要寻找一个方法，去折磨这个可怜的女人。

噢！人在他狭隘的爱情受到伤害时，变得多么渺小和多么容易恼怒啊！

我曾见到跟玛格丽特在一起的那个奥林普，如果不是玛格丽特的女友，至少也是她返回巴黎以后来往最密切的人。奥林普要举行一个舞会，由于我预料玛格丽特会去参加，我就设法搞到了一张请柬。

当我满怀痛苦而激动的心情来到舞会时，客厅里已经相当热闹。大家跳着舞，甚至在叫喊。在一次四对舞里，我看到玛格丽

特在跟德·N伯爵跳舞，他看来对自己能炫耀这样一位舞伴感到洋洋得意，似乎在对大家说：

“这个女人是属于我的！”

我背靠着壁炉，正好面对玛格丽特，我看着她跳舞。她一看见我就慌了手脚。我望着她，不经意地用手势和眼色向她打了个招呼。

我想到舞会以后，陪她走的不再是我，而是这个有钱的傻瓜。我又设想他们回到她家里以后确实要发生的事。这时，热血涌上了我的脸，我感到有必要破坏他们的爱情。

四对舞之后，我走过去向女主人致意。她把玉洁冰清的肩膀和令人目眩神迷的半裸胸脯，展露在宾客眼前。

这个姑娘是个美人儿，从体形来看，她比玛格丽特还要好看。正当我跟奥林普说话的时候，从玛格丽特向她投过来的眼光，更使我明白了这一点。一个男人做了这个女人的情夫，便可以像德·N伯爵一样骄傲，而且她的姿色也足以引起我的爱慕，可与玛格丽特过去在我身上引起的爱慕相媲美。

那时候她还没有情人。要做她的情人并不难，只要花得起钱，就能博得她的青睐。

我的决心已定。这个女人将要成为我的情妇。

我开始同奥林普跳舞，扮演起追求者的角色。

半个小时以后，玛格丽特脸色苍白得像死人一样，穿上皮大衣，离开了舞会。

二十四

这已经不错了，但是还不够。我知道我有力量控制这个女人，我卑怯地滥用了这种力量。

如今我想到她已经过世，我扪心自问，天主是不是会原谅我给她造成的伤害。

夜宵吃得嘈杂吵闹，吃完以后开始赌钱。

我坐在奥林普旁边，我下注下得那么大胆，她不由得注意起来。一会儿工夫，我便赢了一百五十至二百路易。我把这些钱摊在我面前，她目光灼灼地注视着。

只有我一个人没有把注意力全部放在赌博上，而是在留心她。余下的时间我还是赢钱。是我给她钱去赌，因为她把摆在自己面前的钱全部输光了，说不定她手上就这些钱。

清晨五点钟大家各奔东西。

我赢了三百路易。

所有的赌客已经下楼，唯有我留在后面，谁也没有发觉，因为这些客人没有一位是我的朋友。

奥林普亲自照亮楼梯，我正要像大家一样下楼，突然，我又回到她身边，对她说：

“我要跟您谈谈。”

“明天吧。”她对我说。

“不，现在。”

“您要跟我谈什么呢？”

“您就会知道的。”

于是我又回到房间里。

“您输了钱。”我对她说。

“是的。”

“您手头的钱全输掉了吧？”

她踌躇着。

“坦率一点嘛。”

“好吧，真是这样。”

“我赢了三百路易，全在这里，只要您肯让我留下来。”

说时，我把金币扔在桌子上。

“为什么您要这样做？”

“因为我爱您，当然啰！”

“不对，而是因为您爱玛格丽特，您想用变成我的情人的办法来报复她。像我这样的女人是骗不了的，亲爱的朋友。不幸的是，我还年轻，又漂亮，接受您向我提出的角色是不合适的。”

“这样说的话，您拒绝啰？”

“是的。”

“您宁愿心里爱我又让我一无所获吗？那么我是不会接受的。考虑一下吧，亲爱的奥林普。我本来可以派一个人来，按照我的条件给您送上这三百路易，您会接受下来。但我宁愿直接同您谈。您接受吧，不要追究促使我行动的原因。您要想到您是漂亮的，我爱上您不足为奇。”

玛格丽特像奥林普一样是个受人供养的姑娘，但是我在第一次见到她时，绝不敢对她说出我刚才对这个女人所说的话。这是因为我爱玛格丽特，这是因为我在她身上发现了奥林普所缺少的天性。在我提出这笔交易的时候，尽管奥林普有绝色之美，但这个我和她谈成生意的女人却令我倒胃口。

当然，她最终还是接受了。中午，我从她家里出来的时候，已经是她的情人了。为了我给她的六千法郎，她认为不得不慷慨地给我温存，对我情话绵绵，但是当我离开她的床时，却没有留下丝毫回忆。

可是，已经有人为这个女人而倾家荡产。

从这一天起，我让玛格丽特每时每刻都在忍受折磨。奥林普和她互不来往了，您很容易理解为什么会这样。我送给我的新情妇一辆马车和首饰，我又去赌钱，一个爱上像奥林普那样女人的男人必然会做的荒唐事，我最后都做遍了。我有了新欢的传闻很快不胫而走。

连普吕玛丝也上了当，终于相信我完全忘却了玛格丽特。对玛格丽特来说，要么她揣测到我这样做的动机，要么她也像别人一样受骗了。她以高度的自尊心来对付我每天给她的伤害。不过，她看来很痛苦，因为凡是我遇到她，我总是看到她的脸色越来越苍白，越来越忧郁。我对她的爱情过于强烈，以致变成了仇恨，看到她每天这样痛苦，我感到幸灾乐祸。有几次在我这样卑劣而残酷地折磨她时，玛格丽特对我投来苦苦哀求的目光，我不禁对自己扮演的角色感到脸红，我几乎要请求她原谅。

但是这种内疚转瞬即逝。而奥林普终于把自尊心撇在一边，她知道只要伤害玛格丽特，就能从我那里得到她想要的一切。她不断地挑动我跟玛格丽特作对，一有机会就侮辱玛格丽特，像有男人撑腰的女人一样，持续不断地使用卑劣的手段。

玛格丽特终于不再参加舞会，也不去看戏，生怕遇到奥林普和我。于是，写匿名信代替了当面的无礼举动，只要是见不得人的事，我就怂恿我的情妇去散布，我自己也将这种事都栽在玛格丽特的身上。

做到这一步真该发疯了。我就像一个灌饱了劣酒的醉汉一样，陷入神经兴奋之中，动手犯了罪，脑子却不认为有什么了不起。在这样做的时候，我内心非常痛苦。而对我这些挑衅，玛格丽特的态度是安详而不轻蔑，尊严而不鄙视。在我看来，她这样做高出于我，使我对她更加恼怒。

一天晚上，奥林普不知上哪儿去时遇到了玛格丽特。这次玛格丽特没有饶过侮辱她的蠢姑娘，以致奥林普不得不让步。奥林普回来时怒气冲冲，而昏倒了的玛格丽特则被抬走。

奥林普回来以后把事情经过告诉了我，她对我说，玛格丽特看到她单身一人，便因她做了我的情妇而施加报复。奥林普要我一定得写信给玛格丽特，告诉她以后无论我在不在场，她都要尊重我所爱的女人。

用不着对您说，我同意了，凡是我能找到的挖苦话、侮辱话和刻薄话，我都写到信里去了，当天我就将信寄往她家。

这次对她的打击太厉害了。这个不幸的女人无法忍气吞声地逆来顺受。

我早就料想我会收到回信的，因此我决定整天不出门。

下午约莫两点钟，有人拉铃，我看到普吕玛丝进来了。

我竭力装出若无其事的样子，问她来找我有何贵干。但这一天杜韦努瓦太太没有挂着笑容，她委实激动地对我说，自从我回到巴黎以后，也就是说大约三个星期以来，我没有放过一次机会去折磨玛格丽特，以致她病倒了，昨天的那场风波和今天早上的信使她卧病在床。

总之，玛格丽特没有责备我，反而托人向我求情，并转告我说，她精神上和肉体上再也没有力量忍受我对她的打击。

“戈蒂埃小姐把我从她家里打发走。”我对普吕玙丝说，“那是她的权利，但是，她要侮辱一个我爱的女人，借口说这个女人是我的情妇，那是我决不能允许的。”

“我的朋友，”普吕玙丝对我说，“您受到一个既无心肝又无头脑的姑娘的影响。您爱上了她，确实如此，但这不能成为折磨一个无法自卫的女人的理由。”

“让戈蒂埃小姐派她的德·N伯爵来见我，那样就势均力敌了。”

“您很清楚她不会这样做。因此，亲爱的阿尔芒，让她安静吧。如果您看到她的模样，您会因为您对待她的方式而羞愧。她脸色惨白，不停地咳嗽，她活不了多久啦。”

普吕玙丝向我伸出了手，补充了一句：

“去看看她吧，您的拜访会使她非常高兴。”

“我不想碰到德·N先生。”

“德·N先生决不会在她家里。她忍受不了他这个人。”

“如果玛格丽特一定要见我，她知道我住在哪里，让她来好啦，我呢，我是不会踏入昂坦街的。”

“那么您会好好接待她吗？”

“一定接待周到。”

"好吧，我确信她会来的。"

"让她来吧。"

"您今天出去吗？"

"整个晚上我都在家。"

"我去告诉她。"

普吕玛丝走了。

我甚至没有写信告诉奥林普说我不去看她了。我同这个姑娘不用拘礼。一星期我难得同她过上一夜。我想，她会从林荫大道的通俗喜剧演员身上得到安慰的。

我出去吃晚饭，几乎立即就返回。我吩咐把所有炉子都生上火，还把约瑟夫打发走了。

在一小时的等待中，形形色色的感受使我难以平静，我不能一一向您介绍。当我在九点钟光景听到门铃声的时候，我的感受变成了强烈的激动，以致我去开门时，不得不扶着墙，以免跌倒。

幸亏会客室笼罩在暗淡的光线之中，以致我的脸色变化不容易看出来。

玛格丽特进来了。

她穿了一身黑衣服，戴着面纱。我几乎认不出她在面纱下的面容。

她走进客厅，揭开面纱。她的脸色像大理石一样苍白。

"我来了，阿尔芒，"她说，"您希望看到我，我就来了。"

她用双手捧着脸，泪如泉涌。

我走近她。

"您怎么啦？"我用变了调的声音问道。

她紧握住我的手，呐口不言，因为她泣不成声。但是过了片刻，她平静了一些，对我说：

“您害得我好苦，阿尔芒，我呢，我却没有什么对不起您。”

“没有什么吗？”我苦笑着反驳说。

“除了情况所逼以外，我没有什么对不起您。”

我看到玛格丽特以后心里的滋味，我不知道您平生是不是感受过，或者将来是不是会感受到。

她最后一次来我家里，就坐在她刚来时落座的位置上。只不过从此以后，她做了别人的情妇，吻她嘴唇的人不是我，而是别人。但此刻我还是不由自主地把嘴唇凑了过去。我觉得我依然爱着这个女人，而且胜过了以往爱她的程度。

可是我很难提及叫她来的原因。玛格丽特大概明白了我的苦衷，于是她接着说：

“我这次来是要打搅您，阿尔芒，因为我有两件事要求您。请原谅昨天我对奥林普所说的话，还有请发发慈悲，别再做您可能准备好对付我的事。自从您回到巴黎以后，不管是不是有意的，您大大伤害了我，如果说今天早上之前我已承受了极大的痛苦，如今我连它的四分之一也忍受不了。您会怜悯我的，是不是？您会明白，对于一个心地善良的男人来说，比起报复一个像我这样忧郁有病的女人，还有更加高尚的事可做呢。啊，您摸摸我的手吧。我在发烧，我离开病床不是为了来向您要求友谊，而是来请您高抬贵手。”

我握住玛格丽特的手。她的手果然发烫，可怜的女人在丝绒外套下面瑟瑟发抖。

我把她坐着的扶手椅推到炉火旁边。

“您以为我就不痛苦吗？”我接着说，“那天夜里，我先在乡下等您，后来又到巴黎去找您，我在巴黎只找到这封信，差一点使我发疯。

“您怎么能欺骗我呀，玛格丽特，那时我多么爱您啊！”

“不要谈这些了，阿尔芒，我不是来谈这个话题的。我期望看到您不像仇人那样，仅此而已。我还期望再握一次您的手。您有一位年轻貌美的情妇，据说您很爱她。愿您同她一起生活幸福，忘掉我吧。”

“那么您呢，您一定很幸福啰？”

“我的面容像一个幸福的女人吗，阿尔芒？不要嘲笑我的痛苦，您比谁都清楚我痛苦的原因和程度。”

“即使您像您所说的那样不幸，那么要改变这种情况则只取决于您。”

“不，我的朋友，情况不以我的意志为转移。您似乎是说我顺从了妓女的天性，其实不是，我服从的是一种迫切需要和某些原因，总有一天您会知道这些原因的，您也会因此而原谅我。”

“为什么您不在今天告诉我这些原因呢？”

“因为这些原因并不能使我们重修旧好，也许还会疏远您不该疏远的人。”

“这些人是谁？”

“我不能告诉您。”

“那么您在撒谎。”

玛格丽特站了起来，朝门口走去。

我在内心把这个脸色惨白、泪流满面的女人，同当初在滑稽歌剧院嘲笑我的姑娘做一比较，我无法看到她藏在心里、形之于外的痛苦而无动于衷。

“您不能走。”我拦在门口说。

“为什么？”

“因为，虽然您这样对待我，我还是始终爱着您，我要您留下来。”

“为了明天赶走我，是不是？不，这是办不到的！我们俩的命运已经分开了，不要再试图破镜重圆。或许您会藐视我，而现在您只能仇恨我。”

“不，玛格丽特，”我嚷道，同这个女人一接触，我觉得我所有的爱情和愿望都复苏了，“不，我会忘掉一切，我们会像以前海誓山盟的那样幸福美满。”

玛格丽特怀疑地摇摇头说：

“难道我不是您的奴隶，您的狗吗？随您怎么处置我，占有我吧，我是属于您的。”

她脱掉外套和帽子，扔在长沙发上，突然解开连衣裙的上身搭扣，由于她的病情常有的一种反应，仿佛血从心口直往头上涌，使得她透不过气来。

一阵嘶哑的干咳随之而来。

“叫人去告诉我的车夫，”她接着说，“把我的马车驶回去。”

我亲自下楼去打发车夫。

当我回来的时候，玛格丽特躺在炉火前面，冷得牙齿格格直响。

我把她抱在怀里，替她脱衣服，她一动不动，我把浑身冰凉的她抱到我的床上。

于是我坐在她身旁，力图用我的温存使她暖和起来。她对我一言不发，只是对我微笑。

噢！这是不同寻常的一个夜晚。玛格丽特的生命似乎全部倾注在她给我的狂吻里。我是那么爱她，以至在我狂热的爱情袭来之际，我一度寻思是不是杀死她，让她永远不属于别人。

一个人的肉体和心灵都像这样爱上一个月的话，就只能剩下一副躯壳了。

天亮时，我们俩都醒了过来。

玛格丽特面如土色。她默不作声。大颗的泪珠不时地从眼眶滚落在面颊上，像钻石一样闪烁有光。她疲软无力的手臂时不时张开，想抱住我，又无力地垂落在床上。

一时之间我以为可以忘却离开布吉瓦尔以来的往事，我对玛格丽特说：

“我们一走了之，离开巴黎，你肯吗？”

“不，不，”她几乎恐惧地对我说，“我们会倒霉透顶的，我再也不能使你幸福，但是，只要我还有一口气，你就可以随心所欲地对待我。只要你需要我，不管白天黑夜，你就来吧，我是属于你的。可是别再把你我的前途联结在一起，这样你会非常倒霉的，也会使我非常不幸。

“我暂且还是一个漂亮的姑娘，好好享用吧，但是不要再苛求我了。”

她走了以后，我感到孤单寂寞，一阵恐慌。她走了已有两个小时，我还是坐在她已离去的床上，凝视着保留她脑袋形状的皱褶的枕头，一面寻思在爱情和嫉妒之间我会变得怎么样。

下午五点钟，我来到昂坦街，也不知道我到那里去干什么。给我开门的是纳尼娜。

“夫人不能接待您。”她窘迫地对我说。

“为什么？”

“因为德·N伯爵先生在这里，他不让我放任何人进去。”

“不错，”我期期艾艾地说，“我忘记了。”

我像个醉汉一样回到家里，您知道我在嫉妒得发狂的一刻做了些什么？这一刻足以让我做出不光彩的事，您知道我做了些什么？我想，这个女人在嘲弄我，我想象她在跟伯爵幽会，不让别人打搅，她在重复昨天夜里对我说过的话。于是我拿了一张五百法郎的钞票，写了下面几个字，一起给她送去：

> 今天早上您走得太匆忙了，我忘记付钱给您。
>
> 这是您的过夜费。

这封信送走以后，我离开了家，仿佛想逃避做了这件卑劣的事一时出现的内疚一样。

我来到奥林普家，看见她在试穿连衣裙，当只有我们两个人的时候，她给我唱些淫秽歌曲，让我消遣。

她是一个不知羞耻、没有心肝、缺乏头脑的妓女典型，至少对我来说是这样。因为或许有个男人跟她做过美梦，就像我跟玛格丽特做过美梦一样。

她问我要钱，我给了她，于是我可以走了，便回到自己家里。

玛格丽特没有给我回信。

用不着跟您说，第二天白天我是在怎样激动不安之中度过的。

六点半，一个脚夫给我送来一封信，里面装着我那封信和五百法郎的钞票，多一句话也没有。

“是谁把这封信交给你的？”我问这个人。

“一位太太，她同女仆一起坐上到布洛涅[①]的邮车走了，她吩咐我等邮车离开院子之后才去送信。”

我赶到玛格丽特家里。

“夫人今天六点钟动身到英国去了。”门房回答我说。

无论是恨还是爱，没有什么能使我留在巴黎了。我被所有这些打击搞得精疲力竭。正好我的一个朋友要到东方去旅行，我便去信告诉父亲，我也想陪朋友一起去。父亲给了我一些汇票和几封介绍信，八到十天以后，我在马赛上了船。

在亚历山大[②]，我从大使馆的一个随员那里获悉这个可怜姑娘的病况。我曾在玛格丽特家里见过这个随员几面。

于是我给她写了一封信，她回了信，我在土伦[③]收到了，这封回信您已见过。

我马上动身回来，以后的事您都知道了。

现在，您只要读一下朱丽·迪普拉交给我的那些日记就行了，这是我刚才给您所讲的故事不可缺少的补充。

---

① 布洛涅，法国第一大渔港，濒临英吉利海峡。

② 亚历山大，埃及第二大城市的主要港口。

③ 土伦，法国两大军港之一，濒临地中海。

二十五

阿尔芒的这个长篇叙述，经常被哭泣所打断。他讲得很疲惫，把玛格丽特亲手写的日记交给我以后，他将双手按住脑门，闭上眼睛，要么在思索，要么想睡觉。

过了片刻，一阵有点急促的呼吸声向我证明，阿尔芒睡着了，但是他只打个盹儿，轻微的响声就会把他惊醒。

下面是我看到的日记，我转录如下，不增加也不改动一个音节：

今天是十二月十五日。我已经有三四天不舒服了。今天上午我赖在床上，天色阴暗，我快快不乐。我身边一个人也没有，我想念您，阿尔芒。而您呢，在我写下这几行字的时候，您在哪里？有人告诉我，您远离巴黎，在遥远的地方，或许您已经忘记了玛格丽特。总之，愿您幸福，我一生中仅有的欢乐时刻都是您给的。

给您解释我的行为的愿望，我再也不能抵挡了。我已经给您写过一封信。但是，一封由我这样的姑娘写出的信，很可能被看作满纸谎言，除非死亡能使这封信神圣化，又除非这不是一封普通的信，而是一篇忏悔录。

今天我病了。我可能就这样病死，因为我始终预感到我年纪轻轻就会死去。我的母亲是生肺病死的，至今我的生活方式只能加重我的病——这是她留给我的唯一遗产。我不愿意就此辞世，而不让您了解我的所作所为，万一您要回来，还在关心那个您离开之前爱过的可怜姑娘的话。

下面就是这封信的内容，我很乐意再写一遍，为的是给我的辩解一个新的证明：

您还记得吧，阿尔芒，你父亲的到来使我们在布吉瓦尔十分惊慌。您还记得他的到来引起我不由自主的恐惧吧，您还记得那天晚上您讲给我听，在您和他之间发生的龃龉吧。

第二天，正当您去了巴黎，左等右等您的父亲，总不见他回来。这时，却有一个人来找我，交给我一封迪瓦尔先生的信。

这封信我附在这里，它用极其严肃的措辞请求我第二天借故支开您，以便接待您的父亲。他有话要对我说，特别嘱咐我决不要把他的行动告诉您。

您记得吧，在您回来以后，我再三坚持，劝您第二天再到巴黎去。

您走了一小时以后，您的父亲就来了。他严峻的脸给我的印象，我就不用对您多说了。您的父亲满脑子旧观念，认为凡是妓女都是没有心肝、没有理智的人，是一种榨钱机器，就像钢铁铸成的机器一样，随时都会把递东西给它的手轧断，毫不留情，不分青红皂白地粉碎保养它和使用它的人。

先前您的父亲给我写了一封非常得体的信，要我同意接待他。但他来了以后却不像他信上所写的那样客气。开头几句话他就相当傲慢，盛气凌人，甚至带着威胁。我只得让他明白，这是在我家里，只是由于我对他的儿子怀有真挚的爱情，我才把我的生平讲给他听。

迪瓦尔先生稍微平静了一些，然而他开始告诉我，他不能再容忍他的儿子为我倾家荡产。他说我长得漂亮，这是不错的，但是，不管我多么漂亮，我也不应该利用我的姿色去挥霍无度，就像我现在这样，去牺牲一个年轻人的前途。

对这番话，只能用一点来回答，是不是？这就是提出证据。自从我做了您的情妇以来，我要忠实于您，向您要钱又不超出您的经济能力，为此不惜做出任何牺牲。我拿出当票，有些我不能典当的东西我卖掉了，我把买主的收条也拿出来。我告诉您的父亲，我已下了决心变卖家具来还债，同您一起过日子，又不要给您过重的负担。我讲给他听我们的幸福，还有您透露给我的我们将来要过的更平静、更快乐的生活。他终于向事实屈服了，向我伸出手来，要我原谅他开始见我时的态度。

然后他对我说：

“那么，夫人，我就不再用指责和威胁，而是用恳求，力图使您再做出牺牲，这种牺牲比您已经为我的儿子做出的牺牲还要大。”

听了这个开场白，我颤抖不已。

您的父亲走近我，握住我的双手，用亲切的口吻继续说：

“我的孩子，我下面对您说的话，您不要往坏里想。不过您要明白，生活对于心灵有时会提出残酷的要求，但是必须逆来顺受。您是善良的，您的心灵有一些宽厚的品质，是许多女人所缺乏的。她们兴许蔑视您，但却比不上您。不过要想到，一个人在情妇之外还有家庭，除了爱情之外还有责任，在爆发激情的年龄之后，紧接而来的是成熟的年龄，那时，为了受到尊敬，一个人需要稳固地占住一个过得去的地位。我的儿子没有多少家产，但他却准备把他母亲的遗产让给您。即使他接受了您即将做出的牺牲，他也会出于荣誉和尊严把这笔让与作为交换。这笔财产能使您永远避免捉襟见肘的生活。但是对您的牺牲，他不能接受，因为世人不了解您，会认为接受您的牺牲是出于一个不光彩的原因，以致玷辱我家的门楣。人们不看阿尔芒是不是爱您，您是不是爱他，这种相互之间的爱情对他是不是幸福，对您是不是恢复名誉。人们只看到一件事，就是阿尔芒·迪瓦尔能忍受一个受人供养的姑娘——我的孩子，请原谅我不得不对您无所讳言——为他卖掉她拥有的东西。随后，责备和悔恨的日子就会来到，请相信这一点，对您和对别人都一样。你们两人套上了一条锁链，你们怎样也砸不碎。那时候你们怎么办呢？你们的青春浪费掉了，我儿子的前程被断送了。而我呢，作为他的父亲，我本来期待我的两个孩子的报答，却只能指望一个孩子了。

“您年轻漂亮，生活会给您宽慰。您是高尚的，您回忆起做过一件好事，会赎回许多往事的过错。自从阿尔芒认识您的半年以来，他已经把我遗忘了。我给他写过四封信，他一次都没有想过给我回信。可能我死了他还不知道呢！

“阿尔芒那么爱您，不管您怎样下决心生活得跟过去迥然不同，他也不会因他的清贫而让您过深居简出的生活，而且这种生活跟您的美貌是不相配的。那时候，谁知道他会干什么呢！他赌钱，这个我知道；他对您只字不提，这个我也知道；但是，他很可能在兴奋的时候输掉一部分我多年来积攒的钱，这些钱是为了替我女儿置嫁妆的，也是为了他，同时为了我能安度晚年。还得未雨绸缪，应付意外事故。

“另外，您确信您为他而离开的那种生活不会再度吸引您吗？您爱过他，但您确信决不爱别人吗？随着年龄增长，如果雄心勃勃取代了爱情的美梦，你们的关系就会给您情人的生活带来束缚，也许您无法给他安慰，难道您不觉得痛苦吗？您要考虑这一切，夫人。您爱阿尔芒，您就只能用这种方式向他证明您的爱情，即牺牲您的爱情，成全他的前途。现在还没有发生什么不幸，但是以后会发生的，或许比我预料的还要严重。阿尔芒会嫉妒爱上您的男人，他会向这个人挑衅，两人会决斗，最后他有可能被杀死。您想想，面对这个要您为他儿子的生命负责的父亲，您会多么无地自容。

“总之，我的孩子，把一切和盘托出吧，因为我还没有把一切都告诉您。您要知道我来巴黎的原因。我有一个女儿，刚才我对您说过了，她年轻漂亮，像天使一样纯洁。她在恋爱，她同样也把这爱情当成她一生的美梦。我把这一切都写信告诉了阿尔芒，但是，他一门心思在您身上，不给我回信。现在我的女儿就要结婚了。她嫁给她所爱的男人，踏入一个体面的家庭，这个家庭希望我家一切也都体体面面的。一旦我未来女婿的家庭知道了阿尔芒在巴黎是怎样生活的，就会向我宣称，如果阿尔芒继续这样生活下去，就要收回婚约的许诺。一个女孩子的前途掌握在您的手里，可她丝毫没有伤害过您，而且她有权指望前途美好。

“您有权利或者感到自己有力量去破坏她的前途吗？考虑到您的爱情和悔恨，玛格丽特，把我女儿的幸福赐给我吧。”

我的朋友，我一面听着这些见解，一面在无声地饮泣。我也时常这样思考，如今出在您父亲的口中，就更加显得是实实在在的。我在想着所有那些您的父亲多少次到了嘴边却又不敢对我直说的话：我毕竟只是一个受人供养的姑娘，不管我讲得多么有理，我们的关系看起来总是像一种自私的打算。我过去的生活不容许我去梦想这样的未来，而且我要对我的生活习惯和名誉所造成的后果承担责任。总之，我爱您阿尔芒。迪瓦尔先生对我说话时那种慈父般的方式，他在我身上激起的圣洁感情，我期望赢得信任的这个正直老人对我的尊敬，还有我确信以后会得到的您的尊敬，这一切在我心中唤起了崇高的思想，这些思想使我感到自己的价值，并且使我产生从未有过的圣洁的自豪感。我想到，有朝一日这个为了他儿子的前途向我哀求的老人，会告诉他的女儿，把我的名字作为一个神秘的朋友的名字来祈祷，这时，我就换了一个人，对自己感到非常骄傲。

一时的亢奋可能夸大了这些印象的真实性，但这就是我的真情实感，朋友。回忆起和您一起度过的幸福日子，曾使我产生一些想法，但是这种新的感情又把这些想法都压下去了。

“好吧，先生，”我抹着眼泪对您的父亲说，“您相信我爱您的儿子吗？”

“相信。”迪瓦尔先生对我说。

“是一种无私的爱情吗？”

“是的。”

“您相信我曾经把这爱情看作我生活的希望、梦想和安慰吗？”

“完全相信。”

“那么，先生，就像抱吻您的女儿那样抱吻我一次吧，我向您发誓，这一吻是我得到的唯一真正圣洁的吻，会给我战胜爱情的力量。一星期以内，您的儿子就会回到您身边，说不定他要难过一段时期，但是会一劳永逸地治好创伤。”

“您是一位高尚的姑娘，”您的父亲吻了我的前额，回答说，“您要做的事，天主会重视的。但是我非常担心您得不到我儿子的同意。”

“噢！放心吧，先生，他最终会恨我的。”

从此我们之间必须筑起一道不可逾越的障碍，为了您，也为了我。

我写信给普吕玛丝，我接受德·N伯爵先生的提议，让她告诉伯爵，我将和他们两人一起吃夜宵。

我封好信，没跟您父亲说里面写了些什么，我请他到了巴黎叫人按地址把信送去。

但是他问我信里写了些什么。

“关系到您儿子的幸福。”我回答他说。

您的父亲最后又抱吻了我。我感到有两滴感激的眼泪落在我的脑门儿上，就像对我以前的过错的洗礼那样。在我刚同意委身于另一个男人的时候，想到用这个新的错误去赎回前愆，我自豪得神采奕奕。

这是情理中事，阿尔芒。您对我说过，您的父亲是世界上最正直的人。

迪瓦尔先生坐上马车走了。

但我是个女人，当我重新见到您以后，我禁不住哭泣，不过我没有表现出软弱。

今天我病倒在床上，也许要到死才能离开这张床。我在想："我做得对吗？"

随着我们不可避免要分离的时刻临近，我的感情流露您是目睹的。您的父亲已经不再在场，此时需要扶持我一把。想到您就要怨恨我，蔑视我，我是多么惶惶然啊！我一度几乎要向您和盘托出。

有一件事您也许不相信，阿尔芒，就是我祈求天主给我力量。能证明天主接受了我的牺牲的是，他给了我祈祷的力量。

在吃夜宵的时候，我仍然需要帮助，因为我不想知道自己即将做什么，我多么害怕我会失去勇气啊！

有谁会相信我，玛格丽特·戈蒂埃一想到有个新情人，会多么痛苦呢？

我借酒来忘掉一切，第二天当我醒来的时候，我睡在伯爵的床上。

这就是全部事实真相，朋友，请您评判吧，而且原谅我吧，就像从那天起您伤害我的一切，我已经原谅了您一样。

二十六

在那决定命运的一夜以后所发生的事，您跟我一样清楚，不过，您不知道，也预料不到的是，我们分手以后我所忍受的痛苦。

我知道您的父亲把您带走了，但是我怀疑您能否长期远离我生活下去。那天我在香榭丽舍大街遇到您，我很激动，但是并不感到惊讶。

于是迎来了一连串日子，每一天您都给我一种新的侮辱，我近乎快乐地一一接受下来，因为除了这种侮辱证明了您始终爱我以外，我觉得您越是折磨我，在您知道真相的那一天，我在您的眼里就越是崇高。

不要对这种苦中作乐感到惊讶，阿尔芒，您以前对我的爱情已经打开了我的心扉，使我能容纳崇高的激情了。

但我不是马上变得这样坚强的。

在我为您做出牺牲和您回来之间，有一段相当长的时间，在此期间，我需要求助于肉体疲劳，免得自己发疯，而且沉溺在我投入的生活之中。普吕玛丝不是对您说过，我参加一切晚会、舞会和欢宴吗？

我多么希望由于纵情欢乐而迅速自毙，而且我相信，这个希望很快就会实现。我的身体势必越来越坏。在我打发杜韦努瓦太太来向您求饶那天，我已经身心交瘁。

阿尔芒，我不想向您提起，我最后一次给您证明我的爱情，您是怎样报答我的，您又是用什么样的侮辱把这个女人赶出巴黎的。这个来日无多的女人，在您向她要求一夜之欢时，无法拒绝您的召唤声。她像一个失去理智的人那样，一时以为她能将过去和现在连接在一起。您有权利做您做过的事，阿尔芒，别人并非总是付给我那么高的过夜费的。

于是我将一切弃之不顾！奥林普在德·N先生身边代替了我，有人对我说，她已经自告奋勇地把我离开巴黎的原因告诉了他。德·G伯爵在伦敦。他这种人对同我这样的姑娘调情相当看重，为的是能有愉快的消遣。他和跟他相好过的女人总是保持朋友关系，既不怀恨在心，也从不争风吃醋。总之他是一位阔老爷，他向我们打开心灵的一角，但是他的钱包是向我们敞开的。我立即想到了他。我去找到他。他非常周到地接待我，但是他在那边有一个情妇，是个上流社会的女人。他生怕同我的关系招惹是非，于他不利。他把我介绍给他的朋友们，他们请我吃夜宵，然后，其中一个把我带走。

您教我有什么办法呢，我的朋友？

自杀吗？您的一生本应是幸福的，但这样一来就要引起不必要的内疚。再说，一个快要入土的人何必要自杀呢？

我变成了没有灵魂的躯壳，没有思维的东西。我行尸走肉般过了一段时期，然后回到巴黎，打听您的消息。于是我知道您动身长途旅行去了。再没有什么支持着我。我的生活又恢复到两年前我认识您时那样。我试图把公爵再拉回来，但是我过于粗暴地伤害过这个人，老年人是没有耐心的，无疑因为他们发觉他们不是长生不老的。我的病日益严重，我脸色苍白，神情忧郁，越发瘦骨嶙峋。出钱去买爱情的男人在取货之前先要看看货色。在巴黎有的是比我健康、比我丰腴的女人。大家有点把我遗忘了。这就是直至昨天的情况。

现在我完全病入膏肓了。我写信给公爵，问他要钱，因为我囊中羞涩，债主们纷至沓来，争先恐后，毫无怜悯心地给我带来了账单。公爵会给我回信吗？您却不在巴黎，阿尔芒！您会来看我的，您的拜访会带给我安慰。

十二月二十日

天气恶劣，开始下雪，我孑然一身。三天以来我在发高烧，无法给您写片言只语。没有什么新情况，我的朋友。每天我都对收到您的信寄予朦胧的希望，但是没有来信，恐怕永远不会来了。唯有男人才硬得起心肠不给人宽恕。公爵也没有给我回信。

普吕玛丝又开始跑当铺了。

我不停地咯血。噢！如果您见到我的话，我会使您难过的。您待在炎热的天空下，那真是幸福，不像我那样，整个严冬都压在我的胸口上。今天，我起来了一会儿，站在窗帘后面，望着巴黎熙熙攘攘的生活，我确信已经跟这种生活一刀两断了。几张熟悉的面孔欢欢喜喜，无忧无虑，迅速掠过街道。没有一个人抬头看一看我的窗口。但有几个年轻人来过，只留下了姓名。记得从前有过一次我在生病，那时您还没有结识我，尽管在我第一次看见您那一天，您曾被我羞辱一番，但是您却每天早上来打听我的病情。眼下我又病了。我们曾在一起度过了半年。一个女人的心能够容纳得下和能够给予别人的爱情，我都给了您。而您远在天边，您在诅咒我，我得不到您的一句安慰话。这是命运促成您这样遗弃我的，我确信无疑，因为如果您在巴黎的话，您是不会离开我的床头和我的房间的。

十二月二十五日

我的医生不许我天天写东西。我回首往事确实只会使我的体温升高。但是昨天我收到一封信，这封信使我舒服多了，信中表达的感情比它给我带来的物质援助更让我高兴。因此，我今天可以给您写信。那封信是您父亲寄来的，信是这样写的：

夫人：

我刚刚获悉您生病了。如果我在巴黎的话，我会亲自来探问您的病情。如果我的儿子在我身边的话，我会叫他去了解您的情况。但是我不能离开C城，而阿尔芒又远在六七百法里之外。因此，请允许我简单地写封信，夫人，我非常难过您得了病，请相信我真诚的祝愿，我祝愿您早日恢复健康。

我的一位好朋友H先生会去见您，请您接待他。我托他代办一件事，我焦急地等着事情的结果。

致以最崇高的敬意。

这就是我接到的那封信。您的父亲有一颗高尚的心，您要好好地敬爱他，我的朋友。因为世界上这样值得爱戴的人并不多。这封署上他名字的信，比我们的名医开出的所有药方对我的病都更有效。

今天上午H先生来了。迪瓦尔先生托付给他的微妙使命，似乎使他非常为难。他是专门来代您父亲捎一千埃居给我的。起初我想拒绝，但是H先生对我说，这样拒绝会冲撞迪瓦尔先生。迪瓦尔先生授权他先给我这笔款子，如果我还需要钱的话，他再给我增加。我接受了这笔援助，既然来自您的父亲，这不能算是施舍。如果您回来的时候我已经死了，请把我上面所写的两段话拿给他看，并且告诉他，他好意地给可怜的姑娘写出这封令人宽慰的信，她在写这几行字的时候，流下了感激的眼泪，而且为他向天主祈祷。

一月四日

我度过了一些非常痛苦的日子。我以前不知道生病的肉体会使人这样难受。噢！我以往的生活啊！今天我加倍偿还了。

每天夜里都有人照料我。我透不过气来。我余下的可怜巴巴的日子，要在说谵语和咳嗽中度过。

我的餐室摆满了我的朋友们送来的糖果和各种各样的礼物。在这些人中间，不用说有的希望我以后能做他们的情妇。如果他们看到疾病把我折磨成了什么样子，他们会吓得逃之夭夭。

普吕玛丝用我收到的新年礼物来送礼。

天气寒冷彻骨，医生对我说，如果好天气持续下去，过几天我可以出去走走。

一月八日

昨天我坐上我的马车出门，阳光灿烂。香榭丽舍大街人头济济。简直可以说是明媚的早春天气。我的周围一片节日气氛。我从来没有想到过，我还能在阳光下找到往日那些使人欢乐、温馨和安慰的氛围。

我几乎遇到了所有的熟人，他们总是那样兴高采烈，总是忙于寻欢作乐。身在福中不知福的人何其多啊！奥林普坐在德·N先生送给她的一辆漂亮马车里经过。她企图用目光来侮辱我。她不知道我同虚荣心已经相距十万八千里了。一个我早就认识的正派小伙子，问我是不是愿意同他一起吃夜宵，他说他的一个朋友非常想认识我。

我凄苦地笑了笑，把我烧得发烫的手伸给他。

我从未见过比他更加大惊失色的脸孔。

四点钟我回到家里，吃晚饭时胃口相当好。

这次出门对我身体有好处。

如果我的病治愈了，那有多好啊！

有些人前一天还感到灵魂孤独，期望在阴沉沉的病房里快些死去，但是看到别人的幸福和活力以后，便产生出想活下去的愿望。

一月十日

这种恢复健康的希望只不过是一种梦想。我又躺倒在床，身上贴满了膏药，使我身上发烫。过去千金难买的身躯，试看今日能值几何呢！

我们必定是前世作孽过多，要么我们死后定要享尽荣华，所以天主才让我们今生历尽所有赎罪的折磨和各种痛苦的考验。

一月十二日

我始终很难受。

德·N伯爵昨天送钱给我，我没有接受。我根本不要这个人的东西。正是由于他，您才没有留在我身边。

噢！我们在布吉瓦尔的日子多么美好啊！那些日子如今安在？

如果我能活着走出这个房间，我一定要去朝拜我们一起住过的那所房子，但是我只能死后被抬着出去了。

谁知道明天我还能不能给您写信呢？

一月二十五日

我已经有十一个夜晚没法安睡了，我憋得透不过气来，我时刻都以为快要死了。医生吩咐不能让我动笔。朱丽·迪普拉看护着我，还允许我给您写下这几行字。这么说，在我离世之前您就不会回来了吗？我们之间的关系就这么永远完结了吗？我觉得如果您回来的话，我就会康复。但又何必康复呢？

一月二十八日

今天早晨我被一阵喧闹声惊醒了。朱丽睡在我的房间里，她冲到餐室。我听到几个男人的声音，她在徒劳地跟他们争吵。她哭着回来了。

他们是来查封的。我对朱丽说，让他们执行所谓的司法任务吧。执达员戴着帽子，走进我的房间。他打开每只抽屉，将看到的东西都登记下来，仿佛没有看见床上有一个垂危的女人。幸亏法律仁慈，总算给我留下了床。

他临走时好不容易才对我说，我可以在九天之内提出反对意见，但是他留下了一个看守！天啊，我该怎么办呢！这个场面使我的病加重了。普吕玛丝想问您父亲的朋友要钱，我反对这样做。

今天上午我收到您的信。我盼望已久了。您能及时收到我的回信吗？您还来看我吗？这是幸福的一天，使我忘记了六个星期以来我度过的所有日子。尽管我给您写回信的时候心情悲哀，但是我觉得好受一些了。

总之，人总不会永远不幸。

我想，有可能我死不了，您回来了，我能再一次看到春天来临，您仍然爱我，我们重新开始去年的生活！

我简直要发狂了！我几乎握不住笔了，我正在给您写下我心中这种疯狂的梦想。

无论发生什么事，我仍然深深地爱您，阿尔芒，如果我没有爱情的回忆和重见您在我身旁的渺茫希望支持着我，我可能早已不在人世了。

二月四日

德·G伯爵回来了。他的情妇欺骗了他。他情绪非常低沉，他非常爱她。他来我家把这一切告诉了我。可怜的年轻人事业经营得相当糟糕，使他无法打发掉执达员和看守。

我同他谈起您，他答应我向您谈谈我的近况。这时我居然忘记我做过他的情妇，而他也竭力让我完全忘掉！他的心地真好。

昨天公爵派人来了解我的病情，今天早上他来了。我不知道这个老头儿是怎样活下来的。他在我的身边待了三个小时，没有跟我讲几句话。当他看到我脸色这样惨白的时候，两大颗泪珠从他的眼眶掉下来。大概他想到女儿的死才掉泪的。

他就要看到她第二次死了。他伛偻着背，耷拉着脑袋，嘴唇下垂，目光黯淡。岁月和痛苦以加倍的负荷压在他衰竭的身体上。他没有责备我一句。甚至可以说他看到病魔对我的

摧残而暗暗地幸灾乐祸呢。我年纪轻轻，已经被病痛压垮了，他看来对自己能够站立而扬扬得意。

坏天气又来临了。没有人来看我。朱丽尽心尽力地照料我。我不能再像以前那样给普吕玛丝那么多钱，她开始借口有事避开了。

来了好几个医生，这证明我的病加重了。既然我的死期已近，我几乎后悔听了您父亲的话。如果我早知道我在您的未来生活中只占一年时间，我可能抵挡不住跟您度过这一年的愿望，至少我会握住朋友的手死去。如果我们一起度过这一年，我不会这么早离世，这倒是真的。

天主的意愿是不可违拗的！

二月五日

噢！来吧，阿尔芒，我难受得要命，我要死了，我的天哪。昨天我多么愁肠百结，我竟不想待在家里，而在别的地方度过晚上，这一晚有可能像前一晚那样漫长。上午公爵来过。看到这个被死神遗忘了的老头儿，我觉得就像在催我快点儿死掉。

虽然我发着高烧，我还是叫人给我穿好衣服，乘车来到沃德维尔剧院。朱丽给我涂了胭脂口红，否则我就像一具僵尸一样。我来到第一次跟您约会的那个包厢。我全部时间都盯着那一天您坐的那个座位，而昨天那里却坐着一个乡巴佬，一听到演员俗气的插科打诨，他就哈哈大笑。我被送回家时，我已经半死不活。我整夜在咳嗽和咯血。今天我不能说话，只能勉强动动胳膊。天哪！天哪！我要死了。我已经预料到了，但是我无法适应要忍受超过我承受能力的痛苦，如果……

从这个字开始，玛格丽特尽力写下的几个字难以辨认。继续记日记的是朱丽·迪普拉。

二月十八日

阿尔芒先生：

自从玛格丽特要去看戏那一天以来，她的病情日益沉重。她已完全失音，然后四肢不能动弹。我们可怜的朋友所忍受的痛苦难以言状。我不能适应这种激动，我的恐惧持续不断。

我多么希望您能在我们身边啊！她几乎总是在说谵语，但是，不管是在说胡话还是在清醒的时候，只要她能说出几个字来，那总是您的名字。

医生告诉我，她活不长了。自从她病重以后，老公爵没有再来过。

他对医生说，这种景象太令他难受了。

杜韦努瓦太太为人不怎么样。这个女人一向几乎全靠玛格丽特生活，她以为能在玛格丽特身上搞到更多的钱。她欠下一些债，无力偿还。她看到自己的邻居已毫无用处以后，甚至不来看玛格丽特。大家都抛弃了她。德·G先生受到债务追逼，不得已又动身去伦敦。临走时，他给我们送了些钱来，他尽力而为了。但是又有人来查封，债主们只等着她死，以便进行拍卖。

我本想用我的最后一点积蓄来阻止查封，但是执达员对我说，这无济于事，他还要执行其他判决。既然她快要死了，还不如放弃一切，何必为她那不想见到又从来没有爱过她的家庭保全这些东西呢。您无法想象可怜的姑娘如何在金玉其外、败絮其中的环境里撒手人寰。昨天，我们已经一文不名了。餐具、首饰、披巾，全都当掉，其余的不是卖掉了，就是被查封了。玛格丽特还意识到她周围发生的事，她肉体上、精神上和心灵上都在忍受痛苦。大颗眼泪滚下她的脸颊。她的脸非常瘦削，非常苍白，如果您能够见到她的话，您也认不出这是您过去的意中人的面庞。她要我答应在她不能书写时给您写下去，现在我就在她面前写日记。她望着我这边，但是她看不到我，她的目光已经被即将降临的死神蒙住了。可是她在微笑，我能断定她的全部心思和整个灵魂都寄托在您身上。

每次有人开门，她的眼睛就闪出光束，她总是以为您要进来了。当她看到来人不是您的时候，她的脸又恢复痛苦的神情，被冷汗沾湿了，面颊变得鲜红。

二月十九日，午夜

今天这个日子是多么凄惨啊，可怜的阿尔芒先生！今天上午玛格丽特憋得透不过气来，医生给她放了血，她才回过一些声气来。医生劝她请一个教士，她同意了。医生亲自去圣罗克教堂请来一个神父。

其间，玛格丽特把我叫到她的床边，请我打开她的衣柜，指着一顶便帽、一件镶满花边的长衬衫，声音微弱地对我说：

“忏悔之后我就要死了，那时候您给我穿上这些东西：一个垂死的女人这样打扮好些。”

然后她哭泣着拥抱我，她又说：

“我能讲话，但是讲话时我憋得慌，我憋得透不过气来！我要透气！”

我泪如泉涌，我打开窗户，过了一会儿，教士进来了。

我向他迎上前去。

待他知道是在谁家以后，他看来担心受到冷遇。

“大胆地进来吧，神父。”我对他说。

他在病人的房间里只待了一会儿，出来时他对我说：

“她这辈子过的是罪人的生活，但是她死的时候是个基督徒。”

过不多久他又回来了，有个侍童陪他一起来，侍童擎着一个耶稣受难十字架，还有一个圣器室管理人，他摇着铃走在他们前面，表示天主来到了临终者的家里。

他们三人走进了卧室，以前这里响起多少奇谈怪论，眼下变成了一个圣体龛。

我跪了下来。我不知道这个景象留给我的印象持续了多久，但是我相信，迄今为止，人世间还没有发生过使我留下如此深刻印象的事情。

教士在重危病人的脚、手和脑门上涂了圣油，背诵了一小段祈祷文，玛格丽特已准备好升天，如果天主看到了她生前的磨难和死时的圣洁，她无疑可以进天堂。

从这时起，她一言不发，动也不动。多少次我以为她死了，如果我不是听到她竭力在呼吸的话。

二月二十日，傍晚五点钟

一切都结束了。

玛格丽特在昨夜凌晨两点钟左右进入弥留状态。从她发出的叫喊声来判断，从来还没有一个病人忍受过这样的折磨。有两三回她笔直地坐在床上，仿佛她想抓住正在升天的生命似的。

还有两三次她说着您的名字，然后一切又归于沉寂无声，她精疲力竭地倒在床上。从她的眼睛里流出了默默无声的眼泪，她离开了人世。

于是我走近她，呼唤她，由于她不回答，我合上她的眼睛，抱吻她的额角。

可怜的、亲爱的玛格丽特啊，但愿我是一个圣洁的女人，让这一吻把你托付给天主。

然后，我按照她的请求给她穿戴好，我到圣罗克教堂去找一个教士，我为她点了两支蜡烛，我在教堂里为她祈祷了一个小时。

我把她剩下的一点钱施舍给了穷人。

我对宗教并不在行，但是我想，天主会承认我的眼泪是真挚的，我的祈祷是热诚的，我的施舍是真心实意的。天主会怜悯她，她死时年轻貌美，只有我为她合上眼睛，为她送葬。

二月二十二日

今天举行葬礼。玛格丽特的许多女友都来到教堂。有几个真诚地哭泣了。当送葬行列向蒙马特尔公墓走去的时候，只有两个男人跟在后面，一个是德·G伯爵，他特地从伦敦赶来；另一个是公爵，他由两个跟班搀扶着。

我是在她家里，噙着眼泪，在灯光下把全部细节写下来告诉您的。在惨淡地燃烧着的灯光旁边，放着一顿晚饭，正如您想象的那样，我一点没碰。但是纳尼娜还是吩咐下人做出来，因为我有二十四小时以上没有吃东西了。

我无法长期保留这些阴惨惨的印象，因为我的生命不再属于我，就像玛格丽特的生命不属于她一样，因此我就在发生这些事情的地方，把这些事原原本本地告诉您，生怕时间一长，我在您回来的时候无法把这些惨象确切地讲给您听。

二十七

"您看完了吗？"当我看完这些手稿以后，阿尔芒问我。

"如果我读到的全是真实的话，我的朋友，我明白您一定忍受了摧肝裂肺般的痛苦！"

"我父亲在一封来信中给我证实了这一切。"

关于这个女子寿终正寝的悲惨命运，我们又谈论了一会儿，然后我回到家里休息一下。

阿尔芒始终很悲伤，但是讲述了这个故事以后，心情轻松了一些。他很快恢复过来，我们一起去拜访了普吕玿丝和朱丽·迪普拉。

普吕玿丝刚刚破了产。她对我们说，是玛格丽特害得她破产的，玛格丽特生病期间，向她借了很多钱，因此她开了一些无法偿还的期票，玛格丽特死时没有还给她钱，由于没有给她收据，所以她算不上债权人。

杜韦努瓦太太到处散布这种无稽之谈，为她的买卖亏本找托词。靠了这种说法，她从阿尔芒那里捞到一张一千法郎的钞票。

尽管阿尔芒不相信她的话，但是他宁愿装出信以为真的样子，他对一切接近过他的情妇的人都非常尊敬。

随后我们来到朱丽·迪普拉家里，她向我们叙述了她目睹的悲惨经过，回忆起她的女友，不禁潸然泪下。

最后，我们来到玛格丽特的坟墓前面，四月的阳光催开了新绿的树叶。

阿尔芒只剩下最后一件职责要做，这就是去见他的父亲。他还希望我陪他去。

我们来到C城，在那里我见到了迪瓦尔先生，他就像他儿子给我描绘过的那样：高大、威严、和蔼。

他含着幸福的眼泪迎接阿尔芒，亲切地同我握手。不久，我发现在这个收税员身上，父爱凌驾于其他感情之上。

他的女儿名叫布朗什，眼睛明亮，目光明澈，嘴唇漾出安详，这一切表明她的心灵只孕育圣洁的思想，她的嘴巴只会说出虔诚的话语。看到她哥哥回来，她莞尔一笑，贞洁的少女不知道，一个远离她的妓女，仅仅为了维护她的姓氏，牺牲了自己的幸福。

我在这个幸福的家庭里住了一段时间，全家人都把心思放在这个归来时心灵的创伤刚平复了的长子身上。

我回到巴黎，像我所听到的那样写下这篇故事。这篇故事只有一个可取之处，就是真实可信，这一点或许会引起争议。

我并没有从这个故事中得出这个结论：凡是像玛格丽特那样的妓女都能够做出她那样的事，远非如此，但是我知道她们当中的一位在她的一生中有过一次顶真的爱情，她为此受尽磨难，直至死去。我把我听到的事讲给读者听。这是一种责任。

我不是在宣扬邪恶堕落，但是，只要我听到品格高尚的不幸者在祈求，我就要为他们大声疾呼。

我再说一遍，玛格丽特的故事是罕见的。可是，倘若这类故事司空见惯的话，那就用不着写下来了。

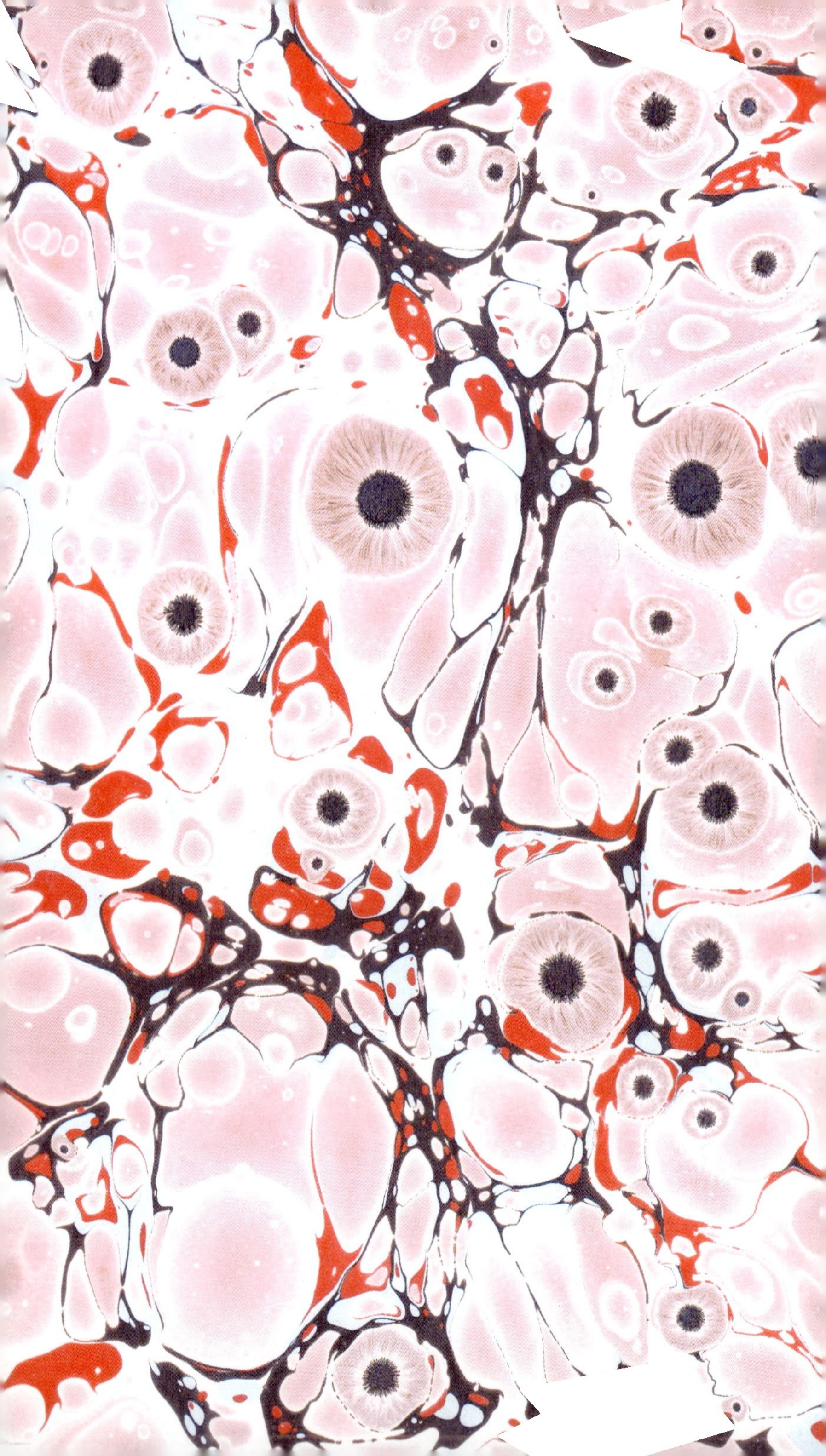